KB165988

화해의 삶이 아름답다

양촌
수필

화해의
삶이
아름답다

고재관

역락

공직생활 33년을 마치고 자유롭게 살았던 지난 10여 년의 세월은 나에게 의미가 있고 즐거웠다. 쓸 수 있는 시간이 많아지고 마음에 여유가 생기니 일상에서의 나의 삶이 보이고 예사롭게 지나쳤던 지난 일의 당부가 떠오른다.

산이나 강가에서 들었던 바람 소리, 물소리도 더욱 또렷하고 계절에 따라 변화하는 초록색 풀잎의 나부낌과 다양한 색깔을 지닌 꽃잎의 흩날림도 선명한 영상으로 내게 다가온다.

말로는 담을 수 없었던 오감의 느낌을 드문드문 적어 놓았던 쪽지를 찾아 세월이 만들어 준 나의 흔적을 정리하고 싶은 마음에서 미숙하나마 나의 생각과 느낌을 간추려 글로 엮자니 마음이 혼란스럽다.

느낌과 생각을 적어 놓은 오랜 세월의 쪽지 글이 진솔한 나를 말한다 싶어 꼼꼼하게 찾아보고 앞뒤를 맞추는 시간을 보냈다. 나의 생각의 기준과 느껴온 삶에도 의미가 있다 하면서 글로 남기기를 권하던 아내의 말도 헤아려 가면서 시간이 되는대로 쪽지를 글로 손질해 보았다.

『화해의 삶이 아름답다』는 5부로 나누어 1부는 맑은 인생을 바랐지만 다하지 못한 나눔 속에서 지난날을 아쉬워하고 북한강을 따라 펼쳐진 4계의 자연에서 위안을 찾고자 노력한 이야기를, 2부는 살아가기 위해 생각해야 할 일상의 삶에서 사고와 행동의 기준을 생각했으며, 3부는 이곳저곳을 나그네 되어 여행하면서 보고 느꼈던 세상과 경이로운 자연이 선물하던 감동을 적어 보았다. 4-5부는 나를 있게 한 가족에 대한 그리움과 고향의 모습을 그려 보았다.

2018년 11월,
양촌 고재관

차 례

1부

맑은 인생을
노래하며

2부
생각하며
살아가기

3부

이곳저곳
나그네 되어

1부

맑은 인생을
노래하며

4월의 어느 봄날

4월 하순의 봄비치고는 많은 강수량을 대지에 쏟아 붓던 비도 오늘 아침에는 기운이 다했는지 물기를 걷는다. 엊그제 저녁부터 시작하여 어제 하루를 꼬박 차가운 대지에 퍼붓더니 오전이 되어서야 맑은 하늘을 내보인다. 화창한 날이라 기대하던 봄날은 옅은 운무를 동무 삼아 달리는 차창을 따라온다. 햇볕은 운무에 차단되어 명암이 있지만 대지는 며칠간의 강수량에 만족한 모습이고 산은 숨을 들이 내쉬듯이 연신 물안개를 하늘로 내뿜은 채 저만치 고즈넉하게 자리한다.

숲 속의 크고 작은 나무가 봄을 향해 뿌려대는 옅은 보라색의 눈망울과 연두색으로 물들어 가면서 산허리를 타고 내려온 초록 나뭇잎 사이로 하얀 산벚꽃이 수줍은 듯 얼굴을 내미는 봄날이다. 만개한 벚꽃 잎은 지난밤의 비바람을 동무 삼아 하늘을 날고 대지와 노닥거리느라 피곤했는지 지금은 땅에 내려와 휴식을 취하는 그런 봄날이다. 포장된 길을 따라 차도 양편으로 도열한 채 서 있는 수양 벚꽃은 연분홍 꽃잎을 줄줄이 매단 채 하늘거리는 모습이 남한강 물길을 따라 내달리는 내 차를 향해 유혹하는 양 팔다리를 흔들면서 봄의 기운을 전하려 한다. 산과 들에 자라는 풀과 나무는 겨울잠에서 깨어나야 될 때와 꽃을 피워야 할 차례를 엄수하라는 조물주의 명령을 받았나 보다. 꽃으로 봄을 알리는 순서는 이렇다. 노란색에서 출발하여 분홍색과 하얀색 계열로 이어 간다. 노란색의 꽃들이 지고 나면 봄의 감각을 자연 속에서 약간 느껴 보라고 진달래 등 핑크 계통이 찾아온다. 4월이 가기 전에 만개하는 하얀 빛깔의 벚꽃은 이제 진정 봄이 찾아왔음을 소리쳐 모두에게 알리라는 봄의 마지막 전령사다.

지난겨울 추웠던 날을 잠으로 보낸 봄이 산허리를 내려와 벌판을 지나서 마을로 들어서면 대지에 봄이 곧 온다는 소식을 전하는 수선화가 피고, 산수유와 복수초가 시샘하듯 산야를 기웃거릴 때를 맞추어 향기 그윽한 홍매가 아랫녘에서 어설프게 붉은 꽃망울을 터트리며, 민들레와 개나리가 앞서거니 뒷서거니 하면서 봄날을 알린다. 하얀 꽃으로는 매화가 만개하고 백목련이 뒤를 따른다.

한기가 사라질 정도로 지표면 온도가 오르는 4월이 오면서 피기 시작한 붉은 꽃으로 진달래가 야산을 덮고 나면 들판에선 할미꽃이 보이고 담장 안 어느 집 정원에는 라일락이 분홍으로 마당을 치장한다. 복숭아꽃에 이어 논밭에서도 분홍이 대세일 때쯤 우리는 봄이 우리 곁에 안착하였음을 느낀다. 진달래가 힘을 다하고 벚꽃이 마을과 동구 안팎을 온통 하얀 흰색으로 덧칠하면 절정의 봄이 옆에 왔음을 느끼고 사람들은 나처럼 산과 들을 찾아 4월 중순의 봄 대기를 크게 들이쉬고 내쉰다.

이때쯤이 지나서야 수줍음을 내던지고 찾아온 봄을 보고자 사람들은 산으로 들로 나가며 강변을 거닐고 뛰어 본다. 가슴을 활짝 열고 팔다리를 흔들면서 봄을 만져 보려 하고 눈과 오감으로 봄을 느끼면서 만끽하려 한다. 남한강에 익숙한 나에게도 강변은 봄의 아름다움을 전하고, 나무도 겨울의 고난을 땅의 도움을 받아 견디어 냈노라고 꽃으로 말한다. 대지의 생명력이 땅 밑에 존재하였음을 공로가 없는 나도 깨달으며 대자연에 감사한다.

산 따라 흘러가는 강물은 고요한 가운데 쉼 없이 움직이고, 굽이치는 물결은 달리는 나들이 차량과 동행하듯이 한강으로 흘러간다. 강변마을(남종면 부근)에서 바라본 산세의 부드러움과 정겨움에 놀라고 능선 따라 펼쳐진 크고 작은 마을이 아름답다. 주택과 마을의 한가로움에 빠져들어 어여쁜 집이 안고 있는 마당에 주인 몰래 발을 들여 놓았고, 허락 없이 연못과 그 속의 목련을 보면서 너댓 그루 화단에 심겨진 할미꽃을 훔쳐본다. 나는 이내 조심스러운 관찰자가 되어 집을 한두 바퀴 돌면서 부지런한 농부가 입었던 작업복이 처마 밑 대못에 걸려 있고 농부가 사용하던 농기구가 밭이랑에 두서없이 놓여 있음을 보면서 엊그제 온종일 서울에 퍼붓던 봄비를 생각한다.

대지에 생명이 분출하고 농부의 삶이 기다리던 봄맞이를 보면서 올해 내가 해야 할 새 일을 어림한다. 허물어져 가는 고향집의 행랑채와 헛간채를 뜯어야 하고 본채의 지붕도 손보아야 되겠다 싶다. 마당도 높여야 하고 도배도 다시 해야 하지 않을까 생각한다. 농부의 집이 내뿜는 포근함과 주변 산과 들의 여유로움에 마음을 담그고 나의 지체를 자연에 내놓으면서 삶이 내게 지시한 일을 찾아보고 집중하여 해야 할 일들을 손가락으로 헤아려 본다. 산벚꽃같이 하얀 백구의 짖는 소리가 없었다면 나는 지금도 그곳에 마냥 머물러 궁리하면서 생각하고 있었을 게다.

집 따라 새로 조성된 마을 골목길과 길 따라 이어진 강변로를 자유롭게 구경하고 거닐면서 산과 강 그리고 운무에 잠길 듯 말 듯한 전원마을의 아늑함과 이른 봄날 선잠을 깬 대자연과 대화하고 고향마을에 내려가서 살고 싶다는 생각을 되풀이하면서 다시금 영롱한 4월에 감탄한다.

강변에 조성 중인 공원과 산책로는 아직 완성된 모습을 드러내놓지 않고 있으나, 넓은 터를 잡아 쉼터도 만들고 정자도 세우는 중이다. 이용자를 위한 주차 공간도 조금은 넓게 만드는 모습이다. 완성될 소공원은 여울목 옆에 있었으면 좋겠고 산과 강을 막힘없이 바라볼 수 있는 드넓은 친수 공간도 확보되었으면 좋겠다. 강 따라 산책로가 조성되고 길 따라 쉼터가 놓여 있으면 더 편하겠고 강 따라 달릴 수 있는 자전거 전용도로도 신설되면 더욱 좋겠다.

16

생활에 지친 삶을 털어낼 수 있는 차선의 방법 중 하나는 산 따라 강 따라 노닐면서 자연에 몸을 의탁하고 맑은 공기를 내쉬고 마시는 것 아니겠는가. 대자연에서 잠시나마 나를 잊고 내려놓을 수 있다면, 내가 산이 되고 강이 내가 되는 융화가 일어날 것만 같다. 우리가 자연에 스스로를 사로잡힐 수만 있다면 우리는 어제의 근심부터 오늘의 스트레스까지 훌훌 떨어 버리고 내일을 더 힘차게 달릴 수 있는 활력을 얻을 수 있을 것 같다.

인간은 필요한 휴식을 저 스스로 충전하지 못하고 자연에 의탁하여 필요를 얻으면서도 자연을 돌보지 않고 이용만 하다가 종국에는 자연을 훼손하기도 한다. 경제적 이득을 얻을 수 있다는 욕심에서 자연을 활용도 하고 개발도 하지만, 환경에 대한 성찰이 필요하고 자연을 훼손하는 행동을 자제하는 각성과 결단이 한편으로 있어야 되겠다.

나만 보지 말고 우리를 보아야 하며 나의 자연과 함께 우리의 자연도 생각해야만 행복한 삶을 누릴 수 있고 건강을 찾을 수 있다는 상생과 협치를 어느 봄날 남한강 나들이에서 깨닫는다.

강과 산 그리고 나와 이들의 조화에 감사한다.

내가 대접받고 싶은 만큼 남을 대접하라는 관계법칙을 나는 자연 속에서 깨닫고 꽃과 나무에서 배우듯이 나의 삶 또한 이러한 연관 과정에서 남과 함께 평화를 간직할 수 있기를 소망한다.

(2012년 4월)

설렘과 기다림

　양수리는 청평에서 흘러오는 북한강과 양평에서 내려오는 남한 강이 합수되는 곳의 지명이다. 장마철에 쏟아지는 북한강 물줄기를 견디지 못하고 밀려난 남한강 물이 배회하는 사이에 경안천은 이전보다 커진 탁류에 범람되고 팔당호는 황토 색깔의 흙탕물이다. 강물의 줄서기를 감독하는 공도교는 오늘도 임무를 다하는지 합수된 강물은 질서가 정연하다. 비가 없고 하늘이 맑아지면 파란 하늘 따라 팔당호 또한 푸른 물이 넘실거리는 잔잔한 호수가 된다.

　한동안 지속되던 겨울 추위가 다소 누그러들자 양수리를 찾았다. 지난번 서울에 내린 눈비가 이곳 팔당호에는 눈이 되어 강물에 뿌려진 모습이다. 강물이 눈으로 덮여 하얀 강물을 만들었으니 환상의 세상이었고 천국도 이보다 깨끗할 수 있나 싶게 태초의 정적이 산과 들을 하얗게 포용한다.

　만남과 기다림이 있는 남한강 물을 따라 오늘은 도자기를 구웠던 가마터 분원리를 지난다. 남한강은 자연과 계절을 조화해 가면서 강의 아름다움을 항상 나에게 선보이고 마음껏 자랑한다. 남한강 남쪽에서 바라본 북쪽은 다산 유적지이고 세미원과 두물머리가 함께 자리하고 있어 좋다. 멀리 떨어진 채 마냥 서 있는 청계산(656미터)과 매봉산(양평군 소재)이 건네는 말에 대답이라도 하듯이 강물이 찰랑거린다.

능수 벚꽃으로 지방도로를 치장하던 봄날의 경치도 좋지만 여름의 녹음이나 가을의 단풍도 참 아름다운 산수로(山水路) 길이며 강물의 흐름과 함께 하는 양안의 초지와 주변 산 사이를 달리는 강상의 경강로(京江路)의 차량과 경의중앙선의 열차도 조화로운 자연속에 살아 움직이는 날짐승 같다.

맑은 물이 어우러진 마을이라 이름 붙여진 남종면 수청리에 선착장이 있다. 행정구역 개편 이후 광주군에 편입되었으나 친구나 사돈이 양평군에 살고 있으니 강을 건너야 하고, 물산이 양평장에 몰리니 배를 타고 강을 건너야 한다. 지금은 버스가 있어 나아졌지만 선착장은 만남의 장소이자 이야기꽃이 피고 애환이 깃든 잊지 못할 장소이다. 선착장은 조망권이 틔어 있고 물 흐름이 넓은 곳이라 강 상류의 풍광이 한눈에 들어 오고 작은 청탄의 여울물이 보인다. 푸른 여울이 상류에서 하류로 힘차게 흐르고 태양 또한 여울을 따뜻하게 바라본다. 자연이 만든 조화가 감동스럽고 아늑함과 고요가 느티나무와 함께하는 여울이다.

300년 동안 선착장을 지켜 온 느티나무(규목)는 훤칠한 용모만큼 당당함이 넘쳐나는 나무이다. 규목이 터를 장악함은 물론 많은 사람을 어루만지며 강바람과도 타협하면서 여름에는 더위를 물러나게 한다. 규목은 선착장을 이용하는 마을 어른의 인생 이야기, 처녀 총각의 애틋한 숨은 이야기, 아이들의 재잘거림을 엿듣고 강물과 공유하면서 마을의 희락과 사람의 애환을 함께 나눈다. 할아버지의 인생도 보고 손자의 희망도 지키면서 오늘도 무관심한 채 강 건너 청계산을 바라보고 강물에 홀로 떠 있는 대하섬에 눈길을 넌지시 준다.

규목은 4계절 따라 변하는 청탁의 물결, 청록의 나뭇잎, 붉고 하얀 꽃, 갈색의 낙엽, 눈 덮인 산과 얼어붙은 강물, 하늘을 떼 지어 나는 새, 이들의 조화를 사랑하고 연출된 풍광을 마음에 들어 한다. 느티나무는 "자기가 비경에 살고 맑은 물과 어울리며 살랑거리는 바람과 함께 노래한다"고 말을 한다.

조선시대 진경산수화 화가이셨던 겸재 선생이 그린 한강의 명승지 녹운탄의 배경이 이곳 청탄이라는 설이 있다. 청탄은 푸른 여울이 있는 마을이라는 뜻인데, 한강 변에 탄 자 마을이 없고 이곳이 작품 속의 진경과 비슷하기 때문이란다.

진실을 알고도 규목이 침묵함은 팔당호 개발로 늘어난 강폭과 강변의 모습이 옛날과 달라 안타까운 심정에서 그리한다고 바람으로 전언해 온다. 나도 진실을 말하고 싶지만 규목의 마음을 헤아려 주고 싶다.

봄은 꽃이 피고 향기가 가득하며 넓고 푸른 강이 뒷산과 앞산 청계산을 아우르니 진경산수가 따로 있겠는가. 느티나무는 햇볕 따라 그늘을 만들고 바람 따라 가지를 흔들며 우리를 반긴다. 강가를 날아가는 새 떼도 날갯짓으로 인사하는 정경을 보노라면 나를 한없이 맑게 하는 이곳의 풍경을 만끽하고 싶다.

가을은 강가의 해돋이가 일품이고 수변 가의 물풀 사이를 나들이 나온 닭의 여유로움이 부럽다. 파란 하늘 따라 강물을 더욱 청결하게 하고 맑은 바람 따라 아침의 운무를 걷으니 또렷한 산 그림자를 물속에 그리게 하는 재주 있는 화가인가 보다.

겨울은 차갑고 매서운 강바람으로 하얗게 핀 상고대를 나무와 물풀에 매달게 한다. 남한강을 추위에 얼게 하여 얼음나라를 만들기도 하고 찾아오는 사람을 외롭게도 하지만 봄을 전하는 싹 트는 소리는 나의 귀를 쫑긋거리게도 한다. 느티나무 가지도 하늘을 향해 기도할 뿐 침묵만을 일관한 겨울의 고집을 쉽게 깨우지 못한 채 스산함과 허허로움을 감추지 못했는지 나에게 원정한다.

강물은 출항을 막고 있는 강가의 결빙을 원망하며 사람들의 이야기와 아이들의 재잘거림을 그리워한다. 느티나무는 진갈색 피부를 찬바람에 노출한 채 차가움을 극복하려 인내할 수는 있지만 자신의 외로움을 달래고자 어찌 할 바를 몰라 힘겨워 한다. 강 속의 물고기만 재잘거릴 뿐 강물도 느티나무도 힘든 나날을 보낸다. 지루함을 참지 못한 강물이 버겁고 무거운 얼음에 대한 불만을 터트리느라 간혹 꿍꿍 꽝으로 의사를 표시할 때에도 줄기 꺾여 쳐진 연꽃 대와 수초만이 얼음 깨지는 소리에 화들짝하고 놀랄 뿐, 계절은 그래도 소리 없이 봄을 찾고자 조용히 순환한다.

계절의 변화 따라 만들어 낸 자연의 정취가 그리워 남한강을 찾는다. 외롭게 봄을 기다리는 규목의 모습에서 나도 봄의 꽃을 기다리고, 4계절의 이어짐을 또 다시 기다린다.

(2016년 1월)

신년 산행과 소망

수입협회를 그만 두고 그해 하반기부터 시작한 청계산 산행모임 이 다음 달을 지나면 3년이 된다. 수요산악회(산수회)는 서울과 수도 권에 사는 친구들을 우정으로 묶고 사랑을 함께 나누고자 매주 1회 연 50회 이상 수요일에 만나는 우리들의 산행 모임이다. 고등학교 동창 4인이 매주 수요일을 산행 날로 잡아 놓고 시작한 첫 산행이 정례화되고 산행 성원도 13명으로 불어나 의도하지 않은 높은 참 석률과 함께 지금은 탄탄하게 운영되고 있다. 모두가 고교 동기생 인 데다 지난 날 그럴싸한 직장 경험도 있어서인지 인간관계가 매 끄럽고 남을 먼저 챙겨줄지도 안다.

우리들의 산행모임은 이젠 남을 방해하지 않고 나를 자유롭게 할 수 있는 건강 공간으로 자리매김하였고, 시간이 더하여질수록 우정은 깊어지고 건강이 날로 좋아져 감을 느낀다.

오늘 산행은 2010년을 시작하는 첫 산행이라 참석률이 꽤 좋다.

1월 4일 월요일부터 시작한 누적 26센티미터의 폭설과 이어지는 강추위에도 수요 산행을 하겠다고 청계산 옛골 원두막에 열 시 반 시각을 맞추어 회원들이 모여든다. 건강을 확인해 보고자 병원예약이 정해진 친구, 작년 하반기 이후 미국에 체류 중인 친구, 사업 결산을 연말에 하지 못해 허둥대고 있는 친구를 빼고는 모두 출석이다. 발바닥에 생긴 티눈으로 보행이 자연스럽지 못한데도 첫 산행모임에는 참석하여 친구들 얼굴을 보고 싶다며 달려온 친구를 합하여 10명이 모였다.

티눈으로 불편한 친구를 혼자 두고 산행을 다녀오는 것보다는 본대가 하산할 때까지 동양화 그림책을 붙잡고 있다가 다함께 점심을 하겠다며 산행을 미루고 그림책을 펼쳐든 친구, 그래도 신년 산행만큼은 강행하겠다는 친구들로 산수회는 오늘도 시끄러운 성황이다.

자주 다니는 출발지 옛 골에서 바라본 눈 덮인 청계산은 오늘따라 하얀 눈을 외투 삼아 걸치고 있는 청순한 여인이자 눈길을 따라 오르는 등산객을 산으로 끊임없이 빨아들이는 매혹적인 여인의 산이다. 오늘 산행은 눈 위에 새겨진 발자국 따라 모두가 한길만을 오르는 외길 산행으로 노소를 구분함이 없이 긴 대열의 행렬이다. 등산객의 발에 밟혀 난 좁은 산길은 우리를 순서에 맞추어 발을 올리고 내리게 하고 속도가 아닌 완주에 목표를 정해놓고 자유보행이 아닌 질서 보행을 권한 듯싶다. 산행은 완주와 질서가 등산인의 미덕임을 신년 들어 다시 깨우치게 하려나 보다.

우리들은 자연스럽게 산행 환경에 적응하느라 새해 덕담을 나누고 세상 사는 이야기를 화두 삼아 말꽃을 피운다. 금년은 60년 만에 찾아오는 백호랑이 해이므로 태어날 손자 손녀는 한 세상 크게 살 운이라는 덕담과 함께 손자 손녀를 볼 수 있도록 친구들은 혼사에 분발하시라는 권유의 말이 시작된다. 너도 낳고 나도 낳다 보면 사람 수가 너무 많아 입시경쟁이 치열하게 되고 취직도 쉽지 않게 되어 고생한다면서 아들딸에게 금년만은 피하라고 하는 게 답이라는 악담의 반격이 이어진다.

우리 세대가 고난의 시대를 살아서 그렇게 말하게도 됐지만, 말이란 이유 붙이기에 따라 뜻과 해석이 달라질 수도 있다는 것을 새삼 깨닫고 친구들 얼굴에서 정치인의 모습을 보는 것 같다. 순수하고 긍정적으로 듣고 보고 받아들여도 될 만한 나이인데도 우리의 대화는 이죽거리기를 좋아하는 세태를 반영하는 거울인 듯싶다. 간단한 대화도 진솔하게 긍정할 수 있어야 하고 남의 의견에 동조하는 힘이 항상 나의 말을 내 말로 보이게 하는 진실임을 다시 한번 새긴다.

올해가 몇 년인가. 둘이 하나 되는 2010년의 해다. 다투던 부부, 화목하지 못한 가정, 대립해 왔던 자녀와 부모가 모두 화해한 후 하나 되어 화평하게 될 수 있다는 해가 금년의 운이다. 둘(20)이 합쳐 하나(10)가 될 수 있다는 숫자 운이 깃든 해이기 때문이다. 가족의 다툼과 불화의 이유를 들어 보면 비오는 날 사용한 우산은 누가 말리고 개어 놓아야 하는가, 등산 갔다 돌아와 벗어 놓은 신발은 누가 신발장에 넣어야 하는가를 따지는 사소한 것들이다.

젊은 시절이나 직장 나다닐 때 바쁘다고 집안일을 나 몰라라 하던 때 아내와 자녀에게 맡겼던 우리의 습관이 현재의 다툼과 불화의 씨앗임을 이야기하면서 새삼 깨닫고 반성하는 친구의 얼굴에서 다짐의 모습을 엿본다. 금년 한 해만이라도 가정에서 도와주는 남편으로, 봉사하는 이웃으로 살아가기를 희망한다. 친구의 얼굴은, 작은 일을 스스로 찾아 움직이는 내가 되고자 하는 다짐들로 넘쳐 보인다.

돌산도의 향일암이 안타깝게도 불에 타 소실되고, 정동진의 해돋이에 수많은 인파가 몰렸다는 것으로 화제는 이어지다가, 새해에 바라는 희망과 소망도 함께 나눈다. 아들딸의 청첩장을 보낼 수 있기를 소망하는 친구, 아들의 듬직한 취업을 원하는 친구, 담배를 끊어 보겠노라고 공표하는 친구, 건강이 회복되기를 소원하는 친구, 4대강 건설을 걱정하는 친구, 세종특별시에 대한 수정안은 옳지 않다는 입장에서 논리를 펼치는 친구들의 이야기를 듣고 나니 이수봉에 도달해 있다. 이수봉을 배경 삼아 새해 첫 등산을 기념하는 사진을 찍고, 새해 시산주를 한 잔씩 한 후 가져간 식음료를 먹고 마신다.

오늘 산행에서 우리들의 대화는 세상을 걱정하고 자녀의 성장을 소망하는 신년에 대한 바람의 이야기였다. 우리에게 앞날의 소망은 필요하며 환경을 긍정적으로 보고 사람관계를 진솔하게 한다면 소망이 보이고 남과의 화평도 이루어지며 사회에도 이바지할 수 있는 기회가 분명 올 것이라는 믿음을 가져 보자.

소망만큼 삶을 역동적으로 끄는 활력소도 없다. 남이 주는 덕담이나 내가 소망하는 바람은 나의 잠재능력을 깨우고 우리를 역동적으로 움직이게 한다. 꿈을 가지고 소망을 이루려는 노력을 청계산 시산 산행에서 우리는 다짐한다.

(2010년 1월)

나무의 소망, 바람, 소원

이스라엘 땅에 아주 옛날 나무 삼형제가 살았다. 맑은 공기와 따뜻한 햇살 그리고 적절한 물기를 머금은 땅에서 잘 자란 삼형제는 각기 소망을 가지게 되었는데 첫째는 임금님의 침대가 되는 소원을, 둘째는 임금님의 함선이 되어 전선을 호령하는 바람을, 셋째는 임금님 곁에 살면서 세상으로부터 존경받고 싶은 소망을 꿈꾸었더란다.

세월이 흘러 성장한 나무는 인간들에 의해 베어져 첫째는 마굿

간의 구유가 되었고 둘째는 어부의 고기잡이 배가 되었으며 셋째는 벌목된 채 창고에 방치되었더란다. 나무 형제의 꿈은 이루어질 수 없는 듯 세월이 흘렀지만 나무들은 희망을 잃지 않고 자신의 몸을 냉온에 단련하고 습도를 들이쉬고 내쉬며 기회를 기다렸더니 어느 날 아기예수의 구유로 쓰임을 받았고, 베드로의 어선으로, 골고다 언덕의 십자가로 예수님을 모실 수 있는 영광을 얻게 되어 나무 삼형제의 소원, 바람, 소망이 이루어졌다고 한다.

나이가 많거나 적거나, 처한 상황이 어떻거나 소망을 간직한 채 이루어 보려는 노력을 부단하게 한다면 꿈은 이룰 수 있다. 목표 없는 성공이 있을 수 없듯이, 바람 없는 소망도 있을 수 없다.

운동장의 아침 군상들

　지금은 아침 6시. 12월이라 밖은 어둡고 깜깜하다. 새벽녘 동네
는 조용하다. 아스팔트를 따라 비탈길을 5~6분 올라가면 오래 전
산을 깎아내고 지은 이수중학교가 있고 학교 주변 산자락에는 공
원이 있는데 공원을 관통하여 '도구머리'라 하는 길을 내고, 그곳에
시민 체육시설이 생겼다.

　이들 모두가 아침저녁으로 동네 사람들의 사랑을 받는 놀이터
이자 산책 공원이다. 학교에는 주민 편의를 위해 개방된 벤치와 트
랙 등이 있고 공원을 넘나들 수 있는 문과 통로가 있어 지역 주민은
건강관리를 위하여 학교와 공원을 알차게 이용하고 활보하는 것이
중요한 일과이다.

　오늘도 일어나 학교에 올라가니 운동장을 돌고 있는 아저씨 아
주머니가 십여 명이 넘는다. 컴컴한 아침을 깨우려는 듯 팔을 힘차
게 좌우로 흔드는 아줌마 두 분은 어제도 분명 만나 이야기를 하였

을 터인데 하룻밤 지나 또 해야 할 이야기가 많이 쌓였나 보다. 어둠을 쫓고자 이야기하며 앞을 향해 걷는다.

뒤를 이어 불편한 다리를 끌면서 사고 전 건강을 되찾고자 재활차원의 걸음을 한발 한발 떼면서 따라가는 세탁소 김 씨도 어둠 속에서 보인다. 지난 봄 교통사고 이후 동네 어귀에 서 있으면서 밝은 얼굴로 수다를 떨던 그 입술이 나를 보며 먼저 움직인다. 반갑다는 인사에 이어 열심히 운동했더니 걸음걸이에 속도가 붙고 다리 움직임이 좋아졌다는 것이다. 노력하는 김 씨의 긍정적 사고가 마음에 들고 그의 알은 체 인사가 고맙다.

벨소리에 옆을 보니 청계천 주변에서 공구상을 하던 박 씨가 자전거를 타고 지나간다. 박 씨는 가장 열심히 운동하는 사람인데 요즘은 힘이 없어 보인다. 몇 달 전 건강검진에서 폴립을 제거했다 하더니 그 여파인가 싶다. 손발을 딛고 4체 보행을 하던 예전의 모습도 자주 볼 수가 없다. 간혹 보더라도 운동장을 도는 횟수가 줄고 힘겨워 보인다. 건강에 대한 자신감을 빨리 되찾아 휘파람 같은 벨소리를 내면서 여러 바퀴 돌던 그의 자전거 타는 모습과 4체 보행을 하면서 사람들과 이야기를 나누고, 허리 어깨 등 관절이 좋지 않은 사람을 벤치로 모셔다가 주무르던 박씨의 활기찬 모습이 빨리 보고 싶다.

부동산업을 하던 안 사장은 부인과 함께 오늘도 운동장을 돈다. 작은 키에 고운 티가 아직 남아 있는 아주머니와 같이 약간은 기우

뚱거리면서 쉼 없이 돈다. 새로운 방문객이 운동장을 찾을 때 가장 먼저 알아보는 안 사장은 사람들이 운동장에 왔는지 안 왔는지 등 사람들에 관한 정보를 가장 많이 알고 있고, 나와도 이야기를 가끔씩 나눈다.

이수중학교 앞 빌라를 통째로 가지고 있는 조 선생은 오늘도 7시가 지나서야 올라온다. 오른손과 왼손에 집게와 비닐봉지를 들고 스탠드를 따라 연신 허리를 구부렸다 폈다를 반복한다. 조 선생은 퇴임교사로서 지난 시절 길들여진 운동장 청소에 열심이다. 전날 버려진 플라스틱 재질의 과자봉지 등은 검정 비닐봉지에 넣고 운동화짝이나 신발주머니는 교무실 앞 현관에 놓아둔다. 운동장에 나오는 이유가 청소가 목적인 듯 조 선생의 수고 덕분에 우리들은 항상 깨끗한 운동장을 이용할 수 있어 좋았다. 조 선생에 대한 고마움이 넘칠 때면 나도 가끔씩 운동장 청소에 동참하여 선행의 뿌듯함을 즐긴다.

운동장에는 연세가 70세 후반인 어르신 한 분이 항상 오신다. 깨끗한 용모에 게이트볼 배낭을 등에 메고 교문 앞을 들어서면 6시 반이다. 게이트볼을 시작한 지가 명퇴 후라니 벌써 20여 년 가까운 구력으로 보인다. 지금은 전국 노인대회에서 선수이고 지역대회에서 심판이시란다. 게이트볼은 5명이 한 팀이 되어 T자모양의 나무 망치로 공을 치는 운동이다. 3개의 게이트를 통과한 공이 골폴을 맞추는 게임으로 터치의 요령, 타격 테크닉 등을 익혀야만 스핀 먹이는 공도 파고드는 공도 만들 수 있고 점수도 낼 수 있다 한다. 인사를 하고 건강을 물으며 최근의 게이트볼 성적을 듣고 존경을 표한다.

그 외에도 철봉에 발걸이를 올려놓고 양발을 거꾸로 한 채 몸을 흔드시는 칠순 지난 어르신, 회갑이 오래전 지난 사람답지 않게 정확한 슛을 날리는 늙은 젊은이, 스탠드가 있는 한쪽 운동장에서 프리킥을 쉼 없이 연습하는 과거의 홍 국장, 공원을 몇 바퀴 돌고 난 후 거목에 등과 배를 대고 치기를 하는 내 또래의 사람 등등 공원과 운동장에는 물이 들고 나듯 생활 운동에 열중하는 사람들이 들고 난다.

운동장에 찾아오는 많은 사람과 인사하고 말하였으면 좋겠지만 내가 동안이라 나를 보고 지나친 사람에게 먼저 인사하는 것도 한두 번이지 계속 하기는 싫었다. 내가 안 하면 모른 체하기에 이리저리 물어 나이를 확인했더니 나보다 어리다. 하루를 시작하는 새벽부터 인사하지 않고 지나자니 그렇고 한두 살이라도 젊은 사람에게 계속 인사만 할 수도 없어 한동안 못 본 체하다 반갑게 인사하면 살갑게 반응하여 줄 것을 기다리며 오늘도 아쉬움을 지닌 채 운동장을 떠나 공원으로 간다.

주민이 할 수 있는 생활 운동은 걷기, 달리기, 자전거타기, 줄넘기, 철봉, 배드민턴, 축구 등 유산소운동이다. 유산소운동은 지방산을 주된 에너지원으로 사용하기 때문에 체지방률과 혈압을 낮추어 주며 혈액 순환을 원활하게 조절하여 우리 몸의 스트레스를 낮추고 심신을 안정시켜 일상생활에 활력을 불어넣는 동력이 된다 한다. 산소 소비량을 증가시켜 우리 몸의 지방을 소진시킴으로써 몸 안의 노폐물을 배출시키고자 하는 이 유산소운동은 30분 이상 지속하여야만 효과가 있다.

사람들은 아는 사람끼리 걷기도 하고 혼자서 달리거나 몸통을 돌리며 상체와 하체의 근육을 이완시키거나 강화시키려 노력한다. 상쾌한 일과를 시작하고 싶어 경직된 근육을 풀기 위해 자기 나름대로 선택한 운동기구를 찾아 건강을 유지하고 있다. 건강한 삶을 위해 노력하는 모습이 보기 좋다. 우리 주변에는 개방된 학교가 있고 공원이 있어 건강을 관리할 수 있는 장소가 많다. 산에도 밤중까지 켜 있는 가로등이 있어 시간이 없어 운동을 못한다는 말을 하기 어렵게 되었다. 옛날에는 배 나온 사람을 돈 많은 사람으로 생각하기도 하였지만 오늘날은 그것이 게으름을 상징하며 의지 없음을 대변한다.

갈고 닦음이 마음에만 있는 것이 아니라 몸에도 있음을 알고 실천하며 세상을 살아가는 우리는 힘쓸 것도 많고 노력할 것도 참 많다. 나이와 상관없이 건강한 신체와 맑은 정신을 유지할 수 있는 비결이 아침운동 아니겠는가. 시간을 쪼개어 생활운동으로 몸을 갈고닦아 보자

(2010년 12월)

화해의 삶이 아름답다

화해의 삶이 필요하다

화평을 심는 자(피스메이커)의 역할은 무엇을 만들고 이루게 하려는 것 같은 언어 뉘앙스 때문에 국가 안위를 걱정하고 세계 평화를 논의하는 집단이나 다루는 활동 영역이라 생각하여 우리의 삶과 아무런 상관없다고 생각하는 사람들이 의외로 많다. 피스메이커가 하는 일을 그렇게 받아들인 데에는 이 분야에 대한 홍보가 부족한 까닭도 있을 것이다. 나와 상관 없다는 생각으로 옆에서 좌시만 하기에는 화평을 갈구하는 사람이 주변에 너무 많고 현실의 우리의 삶 자체가 많은 갈등의 진원지이다.

피스메이커의 삶을 위한 4G's는 하나님의 말씀으로 나의 생각과 행동의 기준을 삼는다가 먼저이고, 둘째는 나를 셋째는 너를 불편하게 하는 갈등의 원인을 놓고 나뿐만 아니라 너에게도 갈등의 책임이 있음을 이해시키는 것이고, 넷째는 자족하는 마음으로 갈등을 마무리할 줄 아는 내가 되는 것이 최선이라는 우리 삶의 행동원리이다.

화평을 심는 자를 의미하는 피스메이커는 갈등의 당사자 누구라도 먼저 화해를 주선하여 갈등관계를 치유하고 우리의 삶을 윤택하게 하자는 말씀에 바탕을 두고 있다.

4G's 중 하나인 하나님을 기준으로 생각한다는 것은 공의를 찾아 행동한다는 것으로 도덕이나 법률 규범과 다르며 사회적 정의와도 다른 가치개념이다. 하나님을 기쁘게 하고 영화롭게 하는 가치기준을 찾아 나의 삶의 기준으로 세운 뒤 상대와 화해하고 협력하여 화평을 찾아가야 한다는 것이다. 나와 너를 넘나들며 갈등의 씨앗을 본다는 것은 나의 눈에서 들보를 빼냄과 동시에 상대의 잘못도 부드럽게 지적하여 상대가 잘못을 인정하고 시정하도록 한다는 것이다. 자족하는 마음은 정해 놓은 목표가 이루어질 때 갖는 만족이 아니며 만족이 넘치도록 흘러내리는 충족과도 다르다. 부족한 가운데서 차오르는 사랑으로 느껴지는 만족이 자족하는 마음이다.

공의를 깨닫거나 나와 너의 잘못을 볼 줄 아는 선한 능력은 타고난 능력일 수도 있겠지만 학습으로 얻을 수 있고 실천으로 배가할 수 있다는 확신이 피스메이커가 되고자 하는 사람의 열정이다. 우리도 열정을 가지고 훈련하면 나와 남의 잘못을 볼 수 있고 하나님의 기준을 나의 행동 기준으로 삼을 수 있다는 말이다. 하나님의 기준, 곧 공의로 남을 대하는 나를 하나님은 미쁘다 하실 것이고 사람들도 나를 반듯하다 하며 좋아할 터이므로 화평을 심는 자의 삶이 하나님을 알리는 길이라 생각한다.

세상은 화평을 심는 자가 윗사람일 경우에는 배려할 줄 아시는 분, 자상하신 분이라 말을 듣고 아랫사람일 경우에는 싹수 있는 친구, 센스 있는 청년이라고 한다. 화평을 심는 자의 활동은 갈등 전과 후를 따질 필요가 없으며 사람관계가 있는 세상의 모든 곳이 활동영역이다. 하나님의 입장에서 나와 너를 함께 볼 수 있는 우리가 되면 갈등은 돌출되지 않은 채 봉합될 것이고 나타난 갈등마저도 서서히 사그라지게 될 것이다.

이해와 입장의 차이 속에서 커져 가는 갈등을 안고 현대를 살아가는 우리는 나를 되돌아볼 수 있는 능력을 키워야 한다. 나의 눈의 들보를 빼고 나서 남의 허물을 이야기하되 그 허물을 보듬으면서 갈등을 해결하는 것이 아름다운 삶이라는 것을 이해해야 한다. 화평의 삶을 우리는 지금부터 실천해볼 필요가 있다. 모두를 화평하게 하는 피스메이커가 되어 주기를 소망한다.

(『화평하게 하는 자』, 남서울교회 소책자, 2012년 3월)

참회의 삶이 먼저다

우리는 일상을 살아가면서 많은 성공된 삶과 잘못된 삶을 쉽게 본다. 성공된 삶을 이룩한 사람은 사람의 충언과 조력이 함께 있었음을 듣는다. 우리가 사회적 문제도 관심과 주의를 가진다면 해결방안이 쉽게 보이듯이 직장이나 가정의 갈등문제도 관심을 가지고 노력을 기울이면 해결방안이 반드시 찾아진다는 사실을 안다. 찾을 수 있다는 믿음은 우리가 생각하고 느끼며 옳음(義)을 사랑하기 때문이다. 문제가 기술적인 것이라면 함께 노력하면 얻어질 것이고 가정사라면 사랑으로 문제를 찾을 수 있다는 것도 안다.

삶이든 문제이든 갈등의 근원을 찾고 관계를 회복시키는 것도 중요하지만 화해의 삶을 위해서는 인과를 일으킨 사람의 욕심이나 동기를 파악하고 잘못된 점을 바르게 깨닫게 함과 동시에 인과를 일으킨 자의 반성과 참회가 받듯이 고백되어야 한다.

문제가 된 욕심을 상대만의 잘못으로 몰아가는 것보다는 나의 문제와 관계됨을 고민할 때에 진정한 해결방안이 나오며 재발 가능성도 확실하게 줄일 수 있겠다. 반성한 자가 먼저냐, 용서하는 자가 먼저냐는 중요하지 않다. 누구나 자신의 작은 잘못을 알았으면 화평을 심는 자가 되어 갈등의 상대와 화해하는 것이 인간 관계의 기본원리이자 창조주의 뜻이라는 것이다.

말씀에 의하면 돌아온 탕자에 대한 아버지의 화해도 잘못 행동한 아들의 참회가 먼저이고 아버지의 이어진 사랑이 화평을 심었다. 부모자식 간에도 잘못을 한 자식의 깨달음과 참회가 있고 부모의 용서와 폭넓은 사랑이 있어야 진정한 화해가 가능하다는 말씀이다. 세상의 화해와 이에 따른 진정한 평화는 반성과 참회와 함께 이를 받아주는 사랑이 만들어 내는 결과물이다. 부모의 끝없는 사랑이 화해가 되려면 부모가 화평을 심은 자의 역할을 먼저 하고 아들딸의 참회가 뒤따라도 좋다. 이것이 세상의 의(公共善)가 영의 의(義)가 될 수 있는 화평의 본질이고, 우리가 바라는 성공된 삶이라 생각한다.

(2015년 10월)

슬프게 하는 사회 현상

　젊은 층의 사회부정 가치부정을 보면서 오랫동안 우리 사회를 지배해 왔던 사회체제와 문화를 되돌아본다.

　죽기를 다하여 노력하는데도 얻을 수 없다는 좌절에 의한 사회부정인지, 기성세대의 가치를 시대에 부합되게 새롭게 변화시켜 보겠다는 가치부정인지 궁금하다. 변화를 추구하는 가치부정은 젊음의 특권이자 그들이 이루어 내야 할 새로운 사명이기도 하다.

　기성세대는 젊음이 주장하는 가치가 기존 가치와 접목되도록 도와주어 새로운 변화가 우리 사회에 일어나게 해야 한다. 우리 사회가 더욱 유연해지고 기회가 많은 사회가 되도록 대처하고 변화를 받아들인다면 우리는 슬퍼할 이유가 없다.

　슬퍼해야 할 일은 특정집단의 정치 야망에 이용되고 대안 없는 선동에 부화뇌동하여 우리 사회의 분열을 조장하거나 사회자원의 배분을 왜곡시키는 결과를 야기하여 종국적으로 사회부정을 확장하게 하는 일이다. 반복된 부정은 진실을 왜곡시키고 문제해결 방안을 왜곡된 시각에서 바라보게 한다.

기업가를 파렴치한으로 보는 시각이나 정치인을 협잡배로 보는 시각도 문제지만, 운동권을 투사로, NGO를 구원투수로 보는 시각도 슬프다. 사장은 수전노이고 교수는 꼴통보수라는 생각도 잘못이고 근로자는 희생자고 젊은 층은 사회제도의 피해자라는 생각도 우리를 슬프게 한다. 공무원은 기자와 같이 나쁜 놈이고 종교인은 하나같이 위선자라는 생각도 옳지 않다.

정부발표와 거꾸로 가는 것이 정의이고 공직자의 말은 거짓이라 치부하는 것도 우리를 슬프게 한다. 세상을 부정과 거짓으로 보고 상황 따라 호불호하고, 나와 내 주변을 빼고는 죄다 도둑놈이요 위선자라 생각하는 것도 슬프다. 젊은이의 부정은 스스로 치유가 어렵고 극복할 수 있는 능력도 부족해 이유 없는 부정마저 확산된다는 데 슬픔이 더 있다.

대학 교육과 실업난 그리고 비정규직에 분노하고 눈에 보이는 불평등한 소득구조에 좌절하며 심화되어 가는 우리 사회의 양극화에 젊은 층이 분노하는 것은 이유가 있으나, 기성세대를 표적 삼아 정치인의 말을 비난하고 우리 사회의 어른이신 기존 세대를 폄하하며, 이전 세대를 오늘의 잣대로 제단하고 적대함은 슬프다. 따라하는 비난도 힘들고 한풀이식은 더욱 그렇다.

미래의 먹을거리를 확보하고자 하는 논란이나 사람다운 삶의 질 향상을 위한 시스템 논란은 계층 간에 세대 간에 합의를 이루어야 마땅하다. 소외계층을 위해 기업이나 고소득자가 참을 수 있는 범위는 어디까지이고 지금 세대를 위해 미래 세대가 감내해야 할 규모는 얼마인지를 계산하고 평가를 거쳐 복지정책을 결정하는 것이 맞다.

성장이 곧 복지가 될 수 없음은 우리의 산업이 성장에 따라 창출하지 못한 일자리와 차등하여 분배하는 성과물 구조 때문이다. 공론을 거쳐 산업자본의 파이 구성을 파악하고 조세와 지원정책은 적정한지 양극화를 완화할 수 있는 보완방안은 무엇인지 논의해야 한다. 현재의 파이 배분 방식은 타당한 것인지, 기업이나 고소득자의 부담능력은 있는지 등을 토론하고 합의를 거쳐 재원을 마련하고 시행하여야 한다.

가치도 도덕도 없이 돈만 얻으면 된다는 산업사회의 앵벌이를 자처하는 이익집단의 떼쓰기, 법치가 무엇인지를 모르는 채 손 놓고 안주하는 정부, 특정한 집단이나 계층을 무시하거나 옹호하는 시책, 진실을 왜곡하고 여론을 호도하는 것만이 살길이라 맹신하는 감성정치 등이 우리를 슬프게 하며 토론과 가야 할 방향을 훼방하고 사회적 합의를 방해한다.

복지가 투자라 하면서 내놓은 보편복지와 소외계층을 우선 지원해야 한다는 선별복지 모두가 재원 확보 방안을 찾지 않고 공약하는 현실정치가 우리를 슬프게 한다. 사회적 토론이 있고 타당성이 있는 합의라도 재원 없는 정책은 우선순위 따라 실시됨을 알려야 하고 국민을 이해시킬 줄 알아야 한다.

원칙 없는 복지는 소외받은 집단을 창출하거나 희생 계층을 새로이 추가할 수 있기 때문이다.

우리 사회는 지속적으로 복지재원을 마련하기 위해 국민과세, 세원 개발, 비과세 대상 조정, 전기요금 등 산업지원 정책 검토, 투자 위축을 초래하지 않는 범위 내의 자본조세, 완급을 조절할 줄 아는 복지와 새로운 먹을거리 정책을 수립하고 시행할 필요가 있다.

부채규모가 2011년 상반기 46조(18년 말 114조)나 되는 한국전력이 10대 대기업에 지원하는 전력요금 1조 5천억 원은 적정한 지원정책인지를 묻고 싶고, 상위 1~2위 대기업의 분기수익 십조여 원은 국민적 자긍심을 가져야 할 사항인지 양극화를 해소하지 못한 조세제도를 힐난해야 할 사항인지 생각해야 한다. 비정규직 임금은 적정한지, 환율정책은 타당하였는지 토론 있는 정책결정이 필요하다.

우리는 고가의 전기에너지 대신 연탄난로나 기름보일러를 농어촌 비닐하우스에서 사용해야 한다고 믿는다. 종교재단이나 사학재단 그리고 언론재단이 본분을 넘어 사업화에 열을 올리지 않았으면 좋겠다. 근로자는 약자이니 내 식구만 잘 살면 된다는 노조간부의 행태를 비정규직 근로자와 함께 싫어하고, 비정규직제도를 빙자하여 정규직을 축소하고 노동을 착취하는 기업의 탐욕을 미워한다. 노동시장의 유연성을 제고하여 대외경쟁력을 향상시켜 보겠다는 정책목표를 달성하지 못한 정부를 안타까워한다. 정부보호하에 온실 영업활동을 해 왔던 금융, 법률, 의료부문 산업도 이제는 보호 우산을 거두고 국제경쟁에 동참하도록 정부가 윽박질러야 할 때가 왔으며, 30%대의 낮은 가동률에도 생존할 수 있도록 책정한 정부 단가나 품셈 등도 합리성과 타당성을 따져 보아야 할 시기이다.

젊은이의 취업난은 기성세대의 잘못이 크다. 젊은 층이 살아갈 터전은 기성세대가 마련하는 것이 맞다. 육성을 내세워 특정산업의 국제경쟁을 막을 시기도 지났고, 인력수요와 대학의 공급이 일치되지 못해 실업을 겪는 젊은이를 양산시키는 인력정책도 문제다. 전문대학의 명칭을 바꾸고 정원을 늘려 양산한 고학력자가 취업을 기피하여 만들어 낸 구인난을 중소기업이 겪게 함이 슬프며, 비정규직 문제를 정년을 늘리고 정규직만을 권장하면서 노동의 유연성을 잃게 하여 신규투자도 일자리 창출도 기대할 수 없는 상황으로 우리 기업을 내몰지 않을까 염려스럽다.

지난 10월 광역시장 선거 이후 여야정당은 복지위주로 서민지원 정책을 쏟아냈다. 시립대학등록금이 반값이 되자 정치권에선 반값 등록금이 당연시되었으며 영유아 양육비도 국가가 책임지고 노인 복지수당도 인상하기로 예산에 반영하였다. 부자감세와 부자과세가 토론되고 자본소득세가 이슈화되고 있다. 선거에서 이기고 보자는 정치논리가 균형예산이라는 말을 잠재우더니 선거공약 예산과 서민지원을 재정과 무관하게 늘리고 있다.

무의미한 보편복지와 선택복지를 놓고 치러진 선거 이후 패배한 집권당마저 서민정책을 들고 나오니 나라살림이 걱정된다. 복지예산 적자예산이 토론 없이 편성되고 재정적자가 부풀려지는 것이 슬프고 빚을 짊어져야 할 다음 세대가 걱정되며 세금을 더 내야 할 우리 세대의 힘없음이 슬프다.

선 성장 후 소득분배가 양극화를 심화시키고 민주화가 복지수요를 팽창시켰다 하더라도 복지보다 먹을거리 산업정책이 우선이었으면 한다. 먹을거리 신산업지원은 세제조정을 통한 재정능력이어야 하며 서민복지는 시급성에 따라 수립되고 시행되길 희망해 본다.

(2011년 11월)

무관심과 회한悔恨

1

69학번이니까 올해가 입학 후 46년이 지나간 해다. 풋풋한 학창 시절 청량대(淸凉臺)를 오르내리며 우정을 나누며 흉금을 터놓고 세상을 토론했던 계우(桂友) 모임으로 살아온 세월이 그렇게 오래되었다는 것이다. 지나온 세월에 비하여 조금은 부끄럽게도 우리는 많이 알면서도 서로를 모르는 부분이 적지 않은 사이로 지내왔고 그런 만남에 길들어져 지금도 그렇게 지내온다. 부인과의 관계는 어떤지, 자녀가 잘 크고 있는지 등등 일상의 가정사나 건강에 대하여 무관심한 채 관망으로 만족해 왔고, 그렇게 지내는 것이 옳다고 믿어 왔다.

세상을 말하고 가십거리를 쫓아다니는 데는 날카로웠던 우리가 고독을 느끼는 친구를 배려하지 못했고, 친구의 말에 대범한 채 불편은 참으면서도 관대하고 넉넉한 척했다. 여러 해 동안 질환을 앓고 있는 친구에게 도심과 거리가 떨어진 곳에 살고 있음을 이유로 찾아가 보지 못했고, 매번 느껴지는 미안함을 잘 지내고 있으려니 하면서 바쁜 우리의 일상을 탓하였다.

등산 등 걷기를 무척 싫어한다는 친구의 말을 액면 그대로 믿고, 외관상 사지 육신이 멀쩡한 친구가 버스 정류장까지 걷기가 귀찮아 택시를 타고 집에 가야겠다는 말을 친구의 습관으로 받아들이고, 그럴 수도 있지 하면서 무심하게 그간 지내 왔다.

연초인 오늘 사망하였다는 부고를 받고서야 작년 말 뇌졸중으로 쓰러졌다는 사실을 알았고 그 일로 사경을 헤맸다 함을 들었다. 우리 모두는 전화를 주고받았건만 친구의 상황을 전혀 몰랐고 변고마저도 눈치채지 못하였다. 뒤늦게 잘못된 무관심을 후회한들 친구가 돌아오겠는가 받아주겠는가. 입장을 바꾸더라도 답을 모르겠다.

사람을 안다는 것은 어디까지이며 관심 가져야 할 사항은 무엇인지. 친구라는 것의 의미가 신상과 가족 문제를 어디까지 알고 접근해야 하고 관심을 어떻게 표해야 하는지, 친구도 모르고 우리도 모른 채 그렇게 46년을 살아 왔나 싶다. 우리 사회는 점점 개인주의가 중심이 되고 사람관계도 이해 중심으로 좁아지고 있다. 관계 속에 시간은 항상 주어진다는 어리석은 나의 생각에 회한이 든다.

2

　사냥개의 삶, 사냥개는 주인의 명령에 따라 사냥감을 몰이하고 사냥물을 주인에게 가져다준다. 주인의 지시에 따라 대상을 선택하고 목표물 사냥에 적극 협조해야 한다. 사냥이 끝나면 주인의 마음에 따라 노획물을 배분받게 되는 종(從)된 위치이다. 노획물을 주인이 배분하지 않더라도 사냥개가 할 수 있는 선택은 이후 사냥에 협조를 등한시할 수는 있지만, 사냥개의 이후의 생존은 주인 뜻에 따라 결정되어질 것이다.

　사람이 자기 뜻대로 살지 못하고 성취 목적에 매몰되어 행동하는 삶을 우리는 개 같은 삶이라 한다. 개 같은 인생이란 자신이 주체가 되어 살지 못하고 무엇에 종속되어 사는 삶을 말한다. 주체 되어 산다는 것은 본인이 생각하는 삶이 법률이나 도덕에 합치되어야 하고, 사회가 인정하는 옳음(義)이 있어야 하는 삶이다. 무엇에 종속되어 사는 삶은 인정받지 못한 삶이라는 것이다. 목표하는 무엇이 배금이나 출세 등 욕망이 되면 내 삶이 아니고 불의이며 탐욕의 삶을 살아가게 된다는 말이다.

　외형으로 비쳐진 하찮은 삶들이 개 같은 삶처럼 보일 수도 있으나 개 같은 삶의 요건은 영혼이 있느냐 없느냐가 조건이다. 사회적 지위나 신분에서 기준을 찾아서는 절대 안 된다. 삶의 주체가 자기이냐 타인이냐를 따져보고 자기를 위한 삶도 탐욕이 바탕이라면 주체적 삶이 될 수 없다. 자기 욕심에 근거하여 이룩한 성공과 함께 이타심을 상실한 성과물도 바람직한 결과물이 아니다. 영혼이 있는 삶이라야 자아를 실현했다 할 수 있겠다.

일상에서 운전자가 시간을 맞추고자 과속과 불법을 반복하여 누군가를 시간 내에 도착시켰다 하더라도 도착 시각에 종속되어 운전하고 과정이 불법이었기 때문에 주체적 삶을 살았다 할 수 없다. 삶이란 결과에 있는 것이 아니라 이행 과정의 타당성에 따라 판단되어져야 한다. 승용차를 차도나 인도에 정차한 후 트렁크를 열어놓거나 종이 등으로 번호판을 가리는 노상 주차를 자주 본다. 하늘을 향한 트렁크는 주변을 조잡하게 만들고, 노상 주차 차량은 보행인의 통행을 방해한다. 순간의 편의를 좇는 주차도 반복하면 습관이 되고 불법이 된다. 자신의 편익에 종속되어 행하는 주차는 사회적 합의에 반하는 결과를 야기하므로 주체적 삶이라 할 수 없다.

학식이나 직위를 정당하게 갖추고 직무를 수행하고 공익을 배분하는 사람도 성과물을 가지고 자신의 욕망을 채우거나 권력을 장악 또는 유지하는데 사용하거나, 교만을 부려 공익을 배분한다면 개 같은 삶의 정형이라 사람들은 말한다. 삶이 소유하는 다소(多少)를 중(重)히 여기고 삶의 당부(當否)를 소홀이 하며 살아왔던 적이 많았던 나의 삶을 돌아보고 성찰한다.

3

나이 들었다는 기준은 자기 중심의 사고인 듯싶다. 나보다 한두 살이라도 많은 사람이 사고나 질병으로 세상을 떠났을 때는 애처롭다고 생각하면서도 덤덤하게 넘어갈 수 있지만, 젊은 사람이 그리되었을 경우는 뇌리에 깊이 각인되고 한동안 가슴이 아프다. 최근 몇 년 사이 인척으로서 나보다 네 살 어린 조카부터 두 살 아래인 외사촌동생 그리고 동갑내기 사촌동생을 연이어 저 세상으로 떠나보냈다. 조카와 사촌동생은 의학으로도 어찌할 수 없는 암이 있다는 것을 나도 알고 본인들도 오랜 세월 투병하던 중 세상을 떠났기 때문에 상실감을 인내할 수 있었다.

외사촌동생은 투병생활을 알지 못한 채 부음 소식을 듣게 되어 황당하다 못해 상실감이 매우 컸다. 고등학교 시절 외사촌동생은 나의 집 근처에서 자취하며 공부했다. 하루 한두 차례 "형 잘 있어!" 하면서 나의 대학입시를 격려하고 재담하다 자기 집으로 돌아갔고, 진도에서 내가 중학교 선생일 때도 나와 같이 한 학기를 내 하숙집에 머물렀던 동생이다.

나를 벤치마킹하면서 성장했고 나와 교분도 원활하던 동생이 췌장암을 나에게 끝내 알리지 않은 채 떠났던 사실을 알고 한동안 너무 의아했다. 동생을 떠나보내기 한 달이 채 못 된 어느 날 통화에서도 건강 문제에 대해 언급이 전혀 없었고, 나와 통화하던 때로부터 반년도 넘게 서울에서 치료하면서도 고향 광주에 사는 양 대화를 주고 받던 것이 생각난다. 임종 일주일 전에 했던 나의 마지막 전화를 받지 못한 연유도 지금까지 알지 못한다.

지금 생각하면 암을 완치한 후에 만나고 싶었는지, 암으로 인한 건강 상태를 노출시키거나 대면하기가 두려웠던지, 심신 미약으로 대화할 수 없었는지, 떠나버린 외사촌동생을 놓고 이 생각 저 생각 아쉬움이 일어난다. 나에게 참담함을 알게 하고 기막힘을 하소연 했더라면, 마음의 위로를 받았을 수도 있는데 동생은 그리도 입을 다물고 떠나야 할 이유가 있었을까. 애석하나 답을 찾지 못하겠다. 동생은 왜 그리해야만 했을까, "고향을 찾아가 보는 것이 터전을 지키는 데 필요하다."라는 내 조언도 지금 생각하면 동생이 암을 앓고 있던 때가 아니던가. 허허롭다는 생각만이 들고 회한만이 스며든다. 내려놓고 서로 위로했더라면 편안하게 갈수 있는 길을, 아쉬움만 남긴 채 외로운 이별을 하였으니 누구를 탓하랴. 뜨겁게 소통하지 못하였음이 아쉽고 다시 생각해도 너무 아쉽다.

(2017년 12월)

4

잘 살았다, 보람된 삶을 사셨다, 존경스러운 분이시다 등 사람의 삶에 대한 평을 우리는 덕담으로 말한다. 존경과 흠모의 대상이 되는 사람의 삶을 어떻게 보기에 우리는 이구동성으로 아름답게 말하고 경이롭게 말하는 것인가. 좋은 평가는 보람된 삶에서 나올 수 있지 않나 싶다.

욕심이 이기적이어서는 안 된다는 것이지 목표를 세우지 말라는 것은 아니다. 타고난 능력에 차이가 있듯이, 목표 또한 사람마다 다르다. 능력이 미칠 수 없는 목표를 세우는 것이 욕심이지, 능력범위 내의 목표는 욕심이 아니다.

삶의 과정이 욕심을 목표로 하지 않아야 한다. 내가 이루어야 하고 내 임기 중에 해야 하겠다는 것이 욕심이다. 생각하고 나서 일을 추진하되 잃은 것은 적고 얻는 것이 많아야 할 터인데 아쉽다. 일의 결과보다는 내가 그 일을 해야만 한다는 나 중심의 사고는 집에서도 직장에서도 국가에서도 그만 되풀이되었으면 싶다.

타고난 큰 능력을 소진만 할 뿐 개발하지 못한 천재보다는 부족한 능력이지만 열심히 개발하여 노력하는 범부의 삶이 낫다고 생각한다. 정상까지는 닿지 않았을지라도 사람의 입에 오르내리는 것은 범부의 삶에 최선이 있었기 때문이다. 주어진 능력을 배가하는 삶이 지금은 필요한 때이다.

지난날의 문제를 찾아내어 논란하는 것보다는 과오를 제도로서 치유하는 것이 훌륭한 일처리이다. 결과의 성패보다 진행과정의 당부가 사람의 공적을 평가한다. 수많은 선택을 하고 그 결과를 보면서 사람은 희열만 하는 것이 아니라 좌절도 감내하면서 일을 마무리해야 한다. 존경받을 수 있는 공적이자 평가 받아 마땅한 치적에 너도 나도 관심을 가졌으면 한다.

집단의 정체성을 혼란에 빠뜨리게 하는 방안이나 구성원의 혼란을 담보하는 정책은 저급한 대안이므로 그런 선택은 피해야 한다. 이익을 추구하는 지도자의 행위가 불법으로 나타나고 국가사업이 왜곡된 결과를 나타내는 위기상황일 때도 우리의 선택은 후유증의 최소화를 염두에 두고 항상 결정하여야 되겠다.

(2017년 11월)

내면에 움츠린 여린 마음

한줄기 무더운 바람이 소나무 숲을 훑고 지나면서 매미 소리와 함께 창문을 재치고 들어서면, 나는 의자에 앉아서 고즈넉하고 허허로운 8월의 여름 한낮을 오감으로 실감한다. 한 달여 이상 기승을 부리던 땡볕과 찜통 무더위였지만, 밖에서 펼쳐지는 숲속의 밤나무와 정원의 배롱나무가 어우러져 그려 낸 창밖의 풍광은 사랑스럽고 평화롭기만 하다. 다람쥐가 쪼아 떨어뜨린 솔방울 부스러기가 꽃잎처럼 바닥에 내리고 텃새의 남다른 부지런함이 포착될 즈음 매미의 꽤 시끄러운 합창소리가 또다시 쏟아지면 오늘의 무더운 한낮도 밤으로 한발 더 옮아 갈 채비를 준비한다.

비지땀을 흘리는 산행도 지나치면 과하다 싶어 요즘은 피서를 목적으로 냉방시설이 양호한 아파트 지층에 위치한 독서실을 자주 찾는다. 사람의 불완전한 주체성을 내용으로 쓴 정신분석가 이무석 교수의 『나를 행복하게 하는 친밀함』을 관심 있게 읽다가 공터의 아이들 놀이터로 나왔다. 어머니들이 놀이터에 삼삼오오 모이자 큰 아이들은 자전거나 킥보드를 타면서 놀이터를 휘젓고 작은 꼬마들은 미끄럼틀이나 그네를 오르내리며 오늘의 더위를 이기려는지 바삐 몸을 움직인다. 어른이나 아이 할 것 없이 모두가 삶을 순수 운행하고 자기책임하에 편한 관계를 남과 유지하고자 서로들 열심이다.

어머니와 자식처럼 자연스럽고 편한 믿음관계를 정신분석에서는 친밀한 관계라 한다. 부모가 혼을 내도 아이들이 짜증을 부려도 그 순간이 지나가면 부모자식 간에는 앙금이 사라지고 내면에 어떠한 쌓임도 축적됨이 없이 편안한 예전으로 되돌아가는 관계를 유지할 수 있어야만 정신적 안정이 있다 한다. 사람은 친밀함을 느낄 때 행복지수가 높게 나오고, 어머니 품에 안기듯이 충분한 위안을 받을 때에 일상의 활동이 창의적일 수 있다 한다.

이 교수에 의하면 정신분석은 주체성이 확립되기 이전에 아이가 부모나 가족과의 생활에서 의도하지 않는 충돌이나 규제마저도 친밀함을 방해하는 잠재요소로 남아 아이가 어른이 되어서도 사람과의 관계에서 열등의식 등 주체성이 허약한 어른으로 남을 수 있다고 한다. 또한 아이는 가족의 사랑과 부모의 믿음으로 주체성의 방해요소를 극복하기도 하고, 완벽한 주체성과 자존감도 확립할 수 있다는 것이다.

내 기억 속에 나의 할아버지는 잘 생각나지 않는다. 조부께서 임종하실 때가 나의 유년기 시절이었음에 이유가 있겠지만, 세 살 많은 큰집 종형에 대한 조부의 사랑도 거들었다 싶다. 갓(모자)집을 열고 종형에게 주시던 곶감을 내게는 주지 않으셨고, 내가 바라보고 있는데도 갓집을 닫아 선반에 올려놓으셨던 한복 차림의 할아버지의 그런 모습이 정신분석으로 보면 나에게서 할아버지를 빼앗았지 않나 싶다. 곶감 차별의 필요성을 조부께 지금은 들을 수 없지만 무의식 속의 결론이 차별이다 보니 현상의 해석으로는 그때 정신적 충격을 조금은 받았지 않았을까 유추할 수도 있다.

우리는 삶을 살아가면서 가족의 입장을 생각함이 없이 나의 입장에서 말하고 행동하는 경향이 있다. 일상적으로 이루어지는 말과 행동은 대부분 가족에게 충격을 주지 않는다. 그러나 특별한 상황에서 던지는 말과 규제는 사랑하는 가족의 심연의 마음에 깊은 상처를 주어 절망으로부터 헤어나지 못하게 하는 경우를 우리는 주위에서 간혹 본다.

어머니는 광주에서 공부하고 공휴일이면 집에 돌아오는 나의 건강을 위하여 꿀단지를 항상 내 몫으로 정해 놓고 큰방 선반 위에 올려놓으셨다. 여동생 입장에서는 먹고 싶어도 먹을 수 없는 차별행위이고 꿀단지는 쳐다보고도 접근할 수 없는 금지선이었을 것이다. 그래서 수십 년이 지난 지금도 엄마는 오빠만 알았다고 푸념을 한다.

다른 여동생에게도 꿀단지가 금지선이었는지를 물어보았다. 의자 놓고 올라가 먹었다는 동생, 줄어드는 양을 의심하는 어머니의 힐난을 모른다고 잡아뗐다는 등 어머니의 금지선은 동생에 따라 뛰어넘는 방법도 각자 달랐음을 어머니 기일날 모였을 때 형제들은 말하면서 한번 또 웃었다. 금지선을 지켰던 동생에게는 금지선이 동생의 주체성 형성을 방해하는 요소가 될 수도 있었음을 오늘 읽은 정신분석학은 말하고 있음을 생각할 수도 있겠다.

나의 세대는 다수의 형제가 함께 위로하고 경쟁하면서 살아왔다. 부모님의 기대는 큰아들이라 크고 아들이라고 우선하였다. 딸이나 작은 아들이 부모님 인정을 받고 싶으면 다른 형제들보다 공부를 열심히 하던가, 아니면 꼴이라도 잘 베어 와야 눈에 들었다.

세상이 넉넉하지 못해 배고파 하는 것이 일상이고 부러워할 주변도 많지 않아 소외감이나 열등감을 느끼고 말고 할 비교대상도 없었다. 지금의 외톨이가 느끼는 소외감도 상처를 주는 잘난 학우도 없었다. 없다기보다 주체성 형성에 문제가 됨직한 장애요소가 구성원간의 끈끈함으로 인해 내부에서 사라지고 용해되었다.

우리 세대는 평준화되어 있는 가난 속에서 열등감도 적게 느끼고 시기심도 덜하였으며 성공의 대상도 찾기가 수월하지 않았기에 강박에 내몰릴 정도의 정신적 스트레스가 없어 타고난 능력에 따라 소탈하게 살아가면 되었다.

요즘 시대는 외톨이를 양산시키는 사회구조가 되어 아이들의 자존감을 높여 주고 주체성을 키워 주는 역할을 부모나 가족이 신경을 써야 한다. 집과 차, TV 화면의 크기, 부모의 직업이나 가정의 수입액이 비교되고 공개되어 아이들이 힘들어 한다. 손자가 외국에서 들어오던 때가 초등학교 2학년 때였다. 문화를 이해하는 데 더디고 언어 구사가 서툴러 학교생활이 불편하고 좋아하는 급우를 사귀지 못해 느끼는 소외감과 주저앉지 않으려는 자존감에서 일주일이 멀다 하고 학우들과 힘자랑을 했다.

"너 참 속상하겠다." 하면서 손자의 마음을 달래 주고, 그렇지만 싸우지는 말라고 당부했던 일이 어제 일만 같다. 다행스럽게 문화의 차이를 극복하는 과정에서 나타내는 돌출행동이라 진단하시고 감싸 주던 여선생님의 이해와 따뜻한 보살핌으로 지금 4학년이 된 손자는 학교생활을 잘하게 되었고 급우와도 친밀함을 유지할 수 있는 학생이 되었다.

아이에게는 불완전한 주체성을 세워 주고 열등감을 감싸 주는 역할과 조언을 할 수 있는 치료자가 주변에 반드시 있어야 한다. 자녀를 노엽게 하여서는 안 된다는 책무를 가진 부모가 첫째 치료자이고 신뢰할 수 있고 친밀함이 있는 선생님이나 친구가 둘째 치료자가 되어 주면 치료는 안심해도 된다고 생각한다.

부모는 자녀 사이의 순서나 능력을 생각하지 말고 다툼을 판결하되 비교하지 않아야 하며 부모는 영원한 아이의 후원자임을 자녀 스스로 알게 해 준다면 가정에서 나타날 수 있는 주체성 방해 요소는 없어진다. 자녀에게 불완전한 주체성의 장애물이 혹여 발견

되더라도 열등감을 자극해서는 안 되며, 자녀의 장애와 추구하는 완전을 대척점에 놓고 간극을 조절하기보다는 자녀를 포용하고 장애를 품어야만 시간이 지나더라도 치유된다.

사람에게는 누구나 태어난 삶의 여정이 주어져 있음을 인정해야 하고, 부모는 항상 자녀가 자기 능력으로 뜻을 이룰 수 있도록 지원하는 사람으로 남아야 한다. 부모의 믿음과 인정만이 타고난 자녀의 능력을 완전하고도 안정되게 가동시킨다는 진실을 인정하고 지원해야 하겠다. 부모의 욕심보다는 자녀의 소망을 자녀가 가야 할 소명이라 믿고, 그 길로 정진하도록 사랑으로 도와야 자녀는 무탈하게 성장할 수 있다고 생각한다.

(2018년 8월)

철쭉제를 다녀오다

철쭉제는 지리산 바래봉이 가장 아름답다는 사람들의 말과 이를 증명이라도 하듯 펼쳐 놓은 바래봉의 철쭉꽃을 대형달력에서 보면서 산수회는 자신 있게 산행 예약을 지난주 신청했다. 가장 예쁘게 꽃피는 시기를 바래봉이 위치한 남원군에 전화로 문의하고 잡은 5월 넷째 주 월요일, 오늘을 택일하여 우리는 잠실 너구리 상 앞에서 모였다.

서울 출발이 지체되고 예정에 없던 춘향골 남원이 맛있는 점심을 먹을 수 있는 장소라는 감언에 따라 행선지에 포함되자 산행 출발지 운봉까지 차량 운행시간이 늘어나 계획보다 한 시간 반 이상 늦은 13시 즈음에야 산행 출발 장소에 도착하였다. 관광가이드가 허용한 산행시간은 3시간이고 돌아와야 할 시각은 16시라는 말에 여성을 포함한 상당수의 나들이객은 바람이 불고 날씨가 불순하다며 산행을 망설이면서 철쭉제 주변의 노점상을 기웃거린다.

오전 날씨는 등산하기에 그런대로 좋았는지 다른 여행사를 따라 먼저 도착한 등산객은 이미 보이지 않았다. 우리가 출발하려는 시점에 맞추어 불어댄 폭우와 강풍이 축제용 천막을 흔들고 상가의 진열품을 본래대로 놓아두지 않자 함께 도착한 등산객마저 산행을 원하는 숫자가 현격하게 줄어든다.

하지만 산행의 목적지가 바래봉이고 철쭉꽃을 보는 것이 여행의 동기라 다짐하면서 우리는 비옷을 입고 강풍과 우중을 뚫고 산행을 시작했다. 한 시간이나 지났을까. 그리 오래지 않아 내려오는 하산 인파를 만나면서 우리의 출발이 늦어도 한참 늦었다는 것을 나도 알고 우리 가이드도 벌써 알았을 것이다.

바래봉은 등산길 따라 철쭉이 있고 철쭉마다 만개한 꽃을 피우고 있어 조물주가 구릉 따라 아름다운 철쭉 평원을 조성하셨다 싶다. 정상에 오르니 지나간 겨울의 혹독한 추위를 견뎌 낸 적지 않은 철쭉이 꽃망울을 내주었고, 색깔 또한 선홍빛으로 참 깨끗하다.

등산객의 등을 밀어내는 세찬바람에도 굴하지 않는 채 피어 있는 철쭉의 모습이 힘들어 하는 우리를 반긴다. 당당하게 자리를 지키고 있는 철쭉에 감사하고 험난한 비바람 속에서도 최고의 색깔을 조화시킨 잠깐의 쾌청과 때맞추어 등반한 나의 산행에 감사한다.

4시 출발을 지키지 못하면 출발하겠다는 가이드의 엄포성 말이 마음에 걸려 빗길을 뛰고 내리막길을 날면서 내려왔건만 5분 전 4시에 받지 말아야 할 가이드의 독촉 전화를 받는다. 지금 위치는 어디쯤이고 왜 오지 않느냐는 물음이다. 가이드가 야속하다. 산행을 몸으로 스스로 인도해야 할 자가 산행에 동행하지 않고 사령관이라도 되는 양 지휘하는 모습이었기 때문이다.

숨을 헐떡거리면서 4시 10분에 버스에 올랐더니 남녀가 뒤엉켜 소리 지르고 악을 쓰며 자기의 주장을 말한다. 4시가 지났으니 가자는 앙칼진 여자 목소리, 산행의 관례상 30분 정도는 기다려야 한다는 남자 목소리, 이를 구경하듯 서서 지켜보고 있는 가이드. 모두가 바보 같고 멍청해 보인다. 오늘의 산행 목표가 무엇인지를 모르는 가이드가 그렇고, 폭우와 강풍을 뚫고 정상을 찍고 내려오는 여행 동료가 아직 눈에 보이지 않았음에도 갈 길을 재촉하는 철부지 여자나 시간을 지키지 못한 친구를 감싸느라 과잉 항변을 하는 남자 모두가 못마땅하다.

바래봉의 철쭉은 안개와 햇볕 사이에서 참으로 아름다웠음을 보고하고 모두 마음의 여유를 가지고 오늘을 살았으면 좋겠다는 희망 섞인 메시지와 함께 주어진 도착 의무에 결과적으로 늦었음을 사과하고 나서야 차내의 모든 소리는 잠잠해지기 시작한다.

정해진 시간을 지키는 것은 옳다. 약속 시간을 정할 때는 참가자가 시간 내에 도착할 수 있겠는지, 이행은 순조롭겠는가를 고려하여 정하여야 한다. 지방에 있는 사람에게 한 시간 내에 강남에서 보자고 한다든가, 전람회 또는 박람회를 30분만 보고 나오라는 식의 시간 결정은 사리에 맞지 않는 약속이다. 이런 종류의 약속은 처음부터 지켜질 수 없는 약속이 되고, 지켜질 수 없는 약속을 빙자하여

불이행을 탓하면 탓하는 자가 잘못이다 싶다.

약속의 타당성은 일방적 통보가 아니다. 대중이나 다수를 염두에 두고 만든 약속은 경우의 수를 고려하고 다수가 지켜낼 수 있도록 결정하여야 옳다. 금연구역을 선포할 때에도 대중이 부담 없이 따라오도록 하여야 하고, 영업시간이나 백화점 개점시간을 정할 때도 고객의 편의를 먼저 염두에 두어야 한다. 고객을 고려하지 않는 시간 설정은 영업의 침체를 자초할 것이고, 국민을 염두에 두지 않는 새로운 제도는 정책목표를 이룰 수 없을 것이다.

제도화된 약속도 이럴진대 통보하는 가이드의 명령은 타당성을 확보하여야 한다. 그 명령이 누구를 위한 명령인지, 혹여 서울에서 가이드 혼자만 해야 할 일이 있어 출발을 서두르는 것은 아니었는지 스스로 자신을 돌아보아야 할 성 싶다. 등하교 시간이나 관공서의 업무 시간도 변화하는 시대 흐름에 따라 조정되는데 산행목적을 충실이 이행하는 과정에서 비바람으로 늦은 사람을 남겨 놓고 차를 출발시키겠다는 발상은 우매하며 관광객의 분란을 자초한 원인이라 하겠다.

책임을 지고 맡은 일에 최선을 다하지 못하는 가이드는 잘한다는 평가를 받을 수 없고 그런 가이드를 내보낸 관광회사는 결코 칭찬받을 수 없지 않겠는가. 여행업은 서비스업으로서 고객을 얼마만큼 감동시켰느냐에 따라 사업의 성패가 갈린다는 것을 왜 모르는가. 직무에 대한 이해와 열정을 가진 가이드만이 고객의 만족을 얻을 수 있고, 그런 가이드를 확보한 회사에게 고객은 감사할 줄 안다.

새로운 상황 변화나 고객의 필요에 맞게 약속은 정하여야 할 것이고 약속도 현실 상황에 맞는 유연성을 확보하고 적용되어야 할 것이다. 폭우가 내리고 강풍이 불었는데도 평일에 내주었던 산행시간 3시간을 고집하고 완충시간을 두지 않는다면 고객의 불만은 증폭될 것이다.

바래봉을 산행해 본 경험이 없는 사람은 실질 산행시간을 모른 채 억울함을 호소할 수 있음을 알아야 한다. 똑같은 상황이 다시 반복된다 하더라도 나는 정상에 도전할 것이고 약속시간에 얽매여 정상을 바라만 보고 돌아서지는 않을 것이다.

시대가 필요로 하는 변화를 반영하는 사람만이 합리적인 사회 변화를 만들 수 있지 않겠는가. 약속도 합리적으로 판단되고 재조정되어야 우리 사회는 변화가 가능하며 발전이 있으리라 생각한다. 상황을 고려하지 않고 통보한 명령을 지키려고 노력하는 것보다 지킬 수 있도록 명령을 조정하는 것이 우리 사회를 조화롭게 하는 길이라 생각한다. 오늘 정상에 올라 지나간 겨울의 혹독한 추위를 견뎌 낸 적지 않은 철쭉 꽃망울을 보게 한 나의 산행과 세찬바람에도 굴하지 않는 채 선홍빛 색깔을 피게 하여 준 바래봉에 감사한다. 오늘의 철쭉 산행이 즐거운 여행으로 남겨지게 하기 위해 비바람 속에서도 잠깐의 쾌청을 보내 주신 창조주께 크게 감사한다.

(2011년 6월)

2부

생각하며
살아가기

재능을 살리려면 인정하라

생물학적으로 인간이 이 세상에 태어난 것을 출생이라 한다. 누구나 태어날 때는 세상 질서를 모르고 인간 문화와 무관하며 태어난 자녀가 사람다운 삶을 살고 소속 사회의 성원이 되며 자신의 뜻을 펼칠 수 있게 되기까지 필요한 것은 사회화 즉 양육과 학습을 통해서이다. 부모가 자녀의 유아기 가정교육에 심혈을 기울이고 청년기 학교교육에 집중해야 하는 것은 발달 시기를 놓치면 지적 능력을 성취해야 하는 아들딸의 추종 반응도 모르는 사이에 사라지기 때문이다. 양육과 학습 시기가 늦을수록 성숙이 더디고 회복하기가 어렵다는 것이 심리학의 일반 정설이다. 언어 능력이 그렇고 4세까지의 환경과 유전이 상호 작용하여 발달하는 IQ가 그렇다 한다.

어린 시절을 사고로 사회와 격리되었던 영국의 소녀 '로지'가 발견된 건 그녀의 나이 7세. 그녀는 말도 못하고 걸을 줄도 모르며 웃거나 우는 감정도 표현하는 일이 없었다. 11세 정도의 신체조건을 가진 중국의 돼지우리 소녀는 손과 발로 기어다니며 지능도 3세 수준이었다. 인도의 7세 늑대소녀는 지능이 6개월된 영아 수준이었고 10년간 교육을 받았음에도 그녀의 지능은 3-4세 유아 수준을 넘지 못했다.

사회생활을 한다는 것은 사회적 지식, 기술, 도덕 등을 습득하여 사회 활동에 적응하는 과정을 말한다. 사회화는 유전되는 것이 아니고 학습되어진 결과이기 때문이라 그렇다. 사회와 독립적이 될 수 없는 인간은 경험을 통해 축적되어 온 인류의 결과물을 학습을 통해 습득할 때에만 지식이 축적되고 생각이 발달되며 사회적 활동이 가능하다는 것이다. 영아 때 시작하여 중년 노년에 이르기까지 학습하지 않으면 원만한 사회적응이 어렵다는 말이다.

우리는 아이의 학습을 도와주되 '안 돼. 위험해' 등 과잉보호를 거듭하게 되면 아이는 자신감을 잃고 겪어야 할 학습에 소홀하여 학습 기회를 놓치게 된다. 학습을 통해 지식을 습득하고 사회화를 겪어야 할 우리의 자녀가 우리가 결코 바라지 않는 마마보이가 된다. 벼룩 실험의 결과는 하면 안 돼, 위험해 등 과잉 간섭을 하게 되면 아들딸이 열등감을 가지게 할 수 있는 잘못을 범하게 된다는 것이다.

뚜껑이 없는 유리잔에서 너무 쉽게 빠져나온 벼룩을 놓고 실험을 하였다. 투명뚜껑을 유리잔 위에 올려놓았더니 몇 차례의 뜀박

질에 머리를 다친 벼룩은 시간이 지나서도 그대로 있고 뚜껑을 치웠는데도 포기하고 탈출하지 않았다.

부모는 청년기의 자녀가 외관에 탐욕을 부리고 스펙만을 염려하는 모습을 보고 걱정하고 상심해 한다. 자녀는 스스로 사고하고 행동하며 결과에 책임을 지건만 어른들은 불안해한다. 역사 이후 어른들은 젊은이를 걱정해 왔어도 사회문명은 발전해 왔다는 문명사를 기억하고 우리는 이제 생각을 바꾸어 그들을 믿어 주어야 하겠다.

성취하겠다는 동기에서 힘은 솟구치고 해 보겠다는 열망에서 끈기는 지속된다. 부정적인 생각은 부정적인 인생을 만들어 가고 긍정적인 생각은 성공한 인생을 만들어간다. 우리가 반드시 노력할 일은 그들이 세운 목표에서 자신감을 잃지 않도록 격려하고 좌절의 시기에 충전할 수 있는 위로를 아끼지 말아야 한다는 것이다. 실패나 좌절을 맛보고 있는 자녀들에게 그럴 수도 있지 등 결과를 인정해 주는 우리의 말과 태도는 사랑과 사려 깊은 이해를 보여 주는 계기가 되고 그들이 다시 뛸 수 있는 힘의 동력을 제공한다.

우리가 사는 경쟁사회에서 우리는 사람 사이의 모습을 갑과 을의 관계로 곧잘 말한다. 갑은 부모이고 상사다. 을은 아들딸이고 부하다. 을은 갑의 지시를 받고 명령을 받으며 결과를 추궁당하는 관계라는 말이다. 갑의 태도가 '어떻게 그럴 수가 있어, 그렇게 하지 말라고 했지.'가 되면, 을은 '죄송합니다.' 또는 '되풀이하지 않겠습니다.'라 말할 수밖에 없다.

을의 독창적인 생각만을 갑이 요구하고 그런 입장에서 갑의 평가가 비판적으로 지속되면, 그럴 수도 있는 사람 관계를 계속 짓누르고 을의 입장에 있는 사람의 자신감을 상실하게 하여 사회적 창의와 능률을 기대할 수가 없게 만들 수도 있다. 학습된 무기력이란 실험결과를 바탕으로 정립한 심리학 개념이다. 상사의 질책이 부하의 의욕을 빼앗고 무력한 부하를 양산할 수 있다는 말이자 갑의 위치에 있는 부모의 참견이나 간섭에 자녀들이 바른 길로 못 갈 수도 있고 인생을 실패할 수도 있다는 말이다.

개를 우리 안에 가두고 버저가 울릴 때마다 강력한 전기 충격을 가했더니 개는 울부짖으며 나가고자 필사의 노력을 하더란다. 반복된 버저 울림과 전기 충격에 개는 포기하고 바닥에 엎드렸고, 이어지는 실험에서 출구가 개방되어도 몸을 웅크리고 빠져나갈 생각을 않더라는 시험이다.

사람 관계를 세상의 눈으로만 평가한다면 '어떻게 그럴 수가 있어?'가 되겠지만 경제적 득실을 떠나서 인간의 존엄을 인정하고 인간의 능력이 무한하다는 것을 생각한다면 '그럴 수도 있지.'가 답이고 그런 환경 속에서 사람은 인정받고 가치는 증진될 수 있을 것이다.

우리가 '어떻게 그럴 수가 있어?' 타입이라도 아래 사람이나 아들딸의 실수를 보고 책망하기보다는 그들의 실수를 인정하면서 자신을 돌아볼 수 있는 기회를 주기 위해서라도 우리는 '그럴 수도 있지'를 자주 사용하는 것이 필요하다.

자녀나 을이 실수를 인정하면서 스스로에게 '그럴 수도 있지'를 말할 수 있는 담력과 배포를 키워 줄 필요가 있다. 잘못을 저지른 사람이 미안해하는 태도마저 없이 변명을 늘어 놓았다면 잘못을 따지고 이유를 밝혀서 바로 잡아야 한다. 그렇지만 주눅이 들지 않도록 격려해 준다면 차후 태도만은 개선될 것이다.

　'그럴 수도 있지'와 함께 이해되는 정도의 상벌을 하면 잘한 자와 잘못한 자의 능력을 앞으로 더 키워 낼 수 있는 최선안이라 믿기 때문이다.

(2011년 10월)

삶의 규범은 확장되어야 한다

이십여 년 전 런던에서 단기연수를 할 때이다. 런던 남부의 서섹스(Sussex) 대학에서 공부하고 있는 동료를 만나고 싶어 도심과 외곽을 운행하는 지하철을 탑승한 적이 있다. 탑승 후 두어 정거장을 지나자 어린 학생 두 명이 아버지와 함께 승차한다. 열차는 도심 외곽을 지날수록 사람들로 채워지는데 어린 학생 둘은 자기들끼리 말다툼을 하다가 급기야 앉은 의자에서 주먹을 휘두르더니 엎치락 뒤치락 몸싸움까지 하는 것이었다. 그런데도 아버지를 포함한 주변 탑승객 모두가 남의 일인 양 그냥 쳐다보기만 한다. 시간이 어느 정도 지나서 어린 학생들의 싸움은 스스로 그쳤지만 에티켓의 나라 영국에서 왜 아버지는 훈육하지 않았으며 동승했던 승객은 불편함을 감수하면서도 방관자로 남아 있었을까를 생각해 보면 지금도 궁금하다.

어린 학생도 독립된 인격을 가지고 있음을 사회가 인정하고 간섭하지 않는 것인지, 벌어진 자식들 간의 다툼은 스스로 해결하는 것이 옳다고 영국사회의 부모들이 판단하고 있어 그런 것인지 궁금했다. 열차에서의 아이들 싸움은 시작도 끝도 아이들 스스로 벌리고 맺었지만 어른들은 못 보았다는 양 못 들었다는 양 철저하게 인내하고 무관심한 양 기다리는 것이 다였다.

선진사회는 우리 사회를 기준으로 볼 때 비능률적이라 할 만큼 소관과 절차를 따라 업무를 나누어 토론하고 상대방의 의견을 들어 가면서 문제를 해결해 나간다. 문제 해결에 앞서 서로의 의견과 입장을 듣고 조율하며 상대의 주장과 나의 의견과의 차이를 비교하며 나와 같이 상대를 인정하면서 최선의 해답을 찾아내는 의사 결정 방식이다.

유년시절부터 사회의 주요 구성원이 될 때까지 인격체로서 사회의 존중을 받아가면서 말하고 듣는 연습을 통해 성장한 사람은 성인이 되어서도 합리적이고 창의적인 대화로 문제를 해결하는 데 인간적이고 독창적일 가능성이 크다.

우리 사회는 규범이나 관습 그리고 제도의 틀을 넘어 어린 학생을 사고하고 행동하는 인격체로서 대우해 주기가 모두에게 쉽지 않다. 규범에 구속되는 것이 사회이고 오늘의 한국 사회도 그렇게 돌아가는 규범 사회이기 때문이다. 규범을 벗어나 그렇게 하도록 용인했을 경우 무엇인가가 원인이 되어 사회 가치에 반하는 자녀를 양육할 것 같고 세상의 이단아를 키워 낼 것 같아 더욱 어렵다.

모두에게는 규범을 따르고 제도를 지키며 법규에 위배되지 않는 사회 구성원이 되어야 할 임무가 있다. 이는 구성원 간의 약속이 이행되고 유지되어야 할 사회적 가치가 있기 때문이다. 규범, 제도, 법규 등 사회가 도덕적 법률적으로 인간의 행동을 간섭하는 사회 규범은 사람을 자유롭게 활동할 수 있도록 조장하고 공간을 제공하면서도 때로는 규제하며 간섭하기도 한다.

규범만을 강조하는 사회는 능률이 저하되고 성장이 둔화되기 마련이다. 규범이 만들어지게 된 사유를 변화된 시대의 가치에 부합되게 조명하지 않는다면 규범이 우리를 강요하게 되어 우리 사회의 목표가 규범을 지키는 박스 국가로 변환될 수 있기 때문이다.

규범은 목적 달성의 수단이지 사회가 추구하는 본질인 목적이 될 수가 없기에 항상 재조명을 받아야 한다. 인간 사고의 폭을 더 넓게 하여 사람의 삶을 풍성하게 하고 인간관계를 아름답게 영위하게 하는 것이 규범의 목표라 한다면, 규범은 한 시대 기준으로 족하고 다음 시대는 또 다른 규범이 전통과 협의되고 조명되어 조정되어야 마땅하다 하겠다.

삶의 기준 또한 시대의 흐름에 따라 타당하게 변경될 수밖에 없고 변형되는 것이 옳다. 새 시대의 인간을 보다 인간답고 가치 있는 사람으로 인도할 수 있는 최선안은 기존의 규범을 고수하는 것이 아니라 가치 흐름에 따라 시대에 맞게 새로운 규범을 생성하고 소멸시키는 것이다. 자유는 규범 속에서 활동을 만끽할 수 있는 측면

이 있는가 하면 현 규범을 깨고 더 큰 규범을 만드는 과정에서 우리 사회가 바라는 자유를 얻을 수 있다.

생산의 틀 안에서 경제 활동을 하는 근로자가 새로운 생산 방식이나 기술을 찾는 파괴 과정을 혁신이라 말하듯이, 사회규범도 사회 가치를 높이기 위하여 규범을 지키면서 허무는 것을 허용하여야 한다. 유연성을 보장하면서 규범을 지키는 사회를 우리는 용량이 큰 사회라 하고 문명사회라 말한다. 자유에 기대어 절대가치를 찾고 이 가치를 더욱 잘 누리고자 영혼의 열정을 잘 담아내고 받아낸다면 우리 사회는 선진사회가 되며 문명사회가 될 것이다.

규범의 필요 변화는 구성원이 느끼는 공동선의 조화에서 적법과 불법의 영역이 나뉠 수 있다 하겠다. 성장할 수 있는 사회와 그렇지 못한 사회가 받아들이는 공동선의 영역은 다를 수밖에 없고 변화의 폭과 질도 또한 다르다. 인간은 자유를 갈망하는 존재라서 자유였던 어제의 규범이 오늘은 규제가 될 수 있고 오늘의 위법이 내일은 자유인의 규범이 되기도 한다. 시대를 계승하여 모든 세대가 받아들일 수 있는 최선의 공동선은 합리적 인간성에 부합한 자유를 보장할 수 있는 가치를 가진 규범이 기준이라야 한다.

인간답게 사고하고 타인을 나와 같은 인격체로 존중해 주는 규범이라야 참 규범이고 오래 유지될 가치가 있다 하겠다. 규범은 운영하는 집단이나 조직의 편의에 영합되어서는 안 된다. 활동하는 인간의 자유를 보장하고 인격을 존중하는 데에 규범 가치를 맞춘

다면 우리 사회의 규범 영역은 확장되고 우리의 행복지수는 높아
지리라 기대한다.

(2013년)

예쁘게 말하는 마음

말은 내가 생각하는 바를 남에게 전달하여 원하는 것을 얻기 위한 자기표현수단이다. 말의 성과는 상대가 긍정할수록 호응을 일으키고 효과 또한 좋다. 상대가 말을 듣고 불편해 하거나 기분 나빠하면 말의 내용을 음미하고 구사된 나의 언어나 선택된 태도를 돌아보아야 한다. 내용을 상대가 이해하지 못한 때에는 다시 설명하고 이해가 다를 때는 언어배경이 다름을 이해시켜야 한다. 나도 가정에서나 직장에서 말 때문에 불편했던 적이 많았다.

말하는 것보다 듣기를 잘하는 것이 중요하다

나는 말할 때 '됐고', '되었습니다' 같은 표현을 잘했다.

상대가 하는 말의 뜻이 무엇인지가 짐작되거나 알 수 있을 것 같아 다음으로 넘어가고 싶을 때 그런 말을 한다. 그러면 상대는 떨떠름한 표정을 짓는다. 설명을 시원스럽게 하지 못해 아쉽다는 표정에서부터 하고자 한 말이 중단됨을 아쉬워하는 표정까지 다양하다.

한정된 시간 안에 많은 사람과 상담할 때는 상담의 효율을 높이고자 그렇게도 하나 대화에서 상대방은 유쾌하지 않는 듯하다. 잘 들어 주는 것만으로도 점수를 얻는다. 경청하는 것이 칭찬 받고 신뢰를 얻을 수 있는데 아직까지 왜 잘 듣지를 못하는지 모르겠다. 교만한 마음을 없애고 상대를 높이는 것만이 인간관계를 쌓을 수 있는 지름길이라는 것을 늦게나마 깨닫고 나니 마음에 여유가 생긴다.

비속어를 사용하는 인사는 즐겁지 않다

초등학교 모임에 갔더니 막역한 친구가 지인을 보고 반가워하면서 큰소리로 '이 친구 이번에 모가지가 잘린 놈이니, 우리 위로해 주자'며 잔을 들고 힘내라는 건배를 제의하더란다.

지인은 공직 생활을 하다 정년을 앞두고 명예퇴직한 상태다. 건배를 제의한 친구는 어렵게 유년 시절을 보낸 후 서울 올라와 산 세월에 운이 따라 외관상으로 성공했다는 말을 듣는 친구라 더욱 배신감이 컸다 한다. 심한 말로 대꾸는 안 했다고 하지만 무척 서운했단다. 말을 듣는 순간은 두 번 다시 그 친구를 보고 싶지 않더란다. 명퇴한 지인을 위로 하겠다는 말의 의도는 흠 잡을 데가 없지만 구사된 단어가 문제이고 퇴직의 아쉬움을 겪고 있는 지인의 마음을 헤아리지 않고 비속어를 사용하여 지인을 서운하게 한 것은 평소 말을 예쁘게 할 줄 몰라 생긴 불상사이다.

성장 환경 따라 습득한 언어습관이 있고 살아온 배경 따라 구사된 언어가 다르다 하더라도 상대의 입장을 배려하는 마음만 간직한다면 상대가 기뻐하고 힘을 얻을 수 있는 예쁜 위로의 말을 쉽게 구사할 수 있다.

웃자고 하는 개그가 집단을 비하하는 말이 되어 분위기를 썰렁하게 만들고 회원이 자괴감을 느꼈다면 개그는 분명 욕이다. 아슬아슬한 개그를 하고 싶더라도 위트만을 살리는 내용으로 각색하여 참여자의 마음을 다치지 않도록 구사해야 한다. 듣는 상대나 집단을 마음의 중심에 두고 의도하는 내용을 숙고한 후에 언어를 사용해야만 원하는 의사를 전할 수 있다 싶다.

한해를 아쉬워하고 새해에도 돈독하게 살아 보자는 모임이 연말연시에 자주 생긴다. 지난 일의 아쉬움을 노출시켜 상대의 서운함을 달래 주고 즐거웠던 일을 일깨워 함께 공감함으로써 관계를 지속하자는 모임이다. 더욱 잘해 보자고 덕담도 하고 분위기를 띄웠지만 무엇을 말하던가 말하는 목적은 만나서 즐거웠고 알게 되어 도움되었으며 앞으로도 교분을 쌓자는 내용이 주류가 되어야 한다.

반복하는 말을 듣더라도 짜증은 곤란하다

노모는 아침에 잠에서 깨어 한참 동안 생각하시다가 나를 보고 어이 나는 갈 데가 없는가 하고 물으신다. 내가 누구요라 대답하면 친정 조카란다. 식사를 하시고 우리 재관이는 어디서 살고 있는가 하신다. 내가 어머니 아들인 재관이요 하면 그제야 안심하시는 표정을 지으며 내가 작년부터 달라졌어야 아들도 몰라보고 하신다.

어머님은 금년이 93세로서 당신이 거주하는 곳이 어느 곳인지를 확인하고 싶어서 그런 것인지 정말로 모르시는 것인지 왔다 갔다 하시는 말씀을 하루 두세 번 이상 하신다. 처음 말씀을 들을 때는 어머니가 아들도 모르시구나 하는 생각에 가슴이 아팠으나 날마다 듣는 지금에 와서는 마음으로 듣지를 않고 또 헛소리하시는 구나 하는 생각이 앞선다.

나도 반성이 필요하다. 연로하신 어머니의 말씀도 듣기 어려운데 남이 말을 반복하여 말하면 짜증 속에서 어떻게 대답하겠는가 말하는 사람도 듣는 사람도 생각하고 말해야 소통이 이루어지지 않겠는가.

화를 내게 하거나 다른 사람과 비교하는 말을 하지 말자

갓난쟁이의 옹알이도 아이의 떼쓰는 짓도 의사의 일부임을 우리는 안다. 주장을 설득력 있게 펼치지 못할 뿐이지 예쁜 마음과 좋은 말을 들을 수 있다는 것이다. 네 살짜리 손자 녀석이 할머니 때문에 자기가 속상하다고 말한다. 승용차 의자 등받이를 뒤로 제쳐 놀란 할머니가 소리를 쳤더니 그럴 수도 있는데 그걸 가지고 자기를 속상하게 해서 두어 시간이 지났는데도 속상함이 풀리지 않았다고 말한다. 여지껏 풀리지 않았다는 것이다.

돌 지나고 2개월이 지났는데도 걷지 못한 손자에게 형은 돌 지나고 걸었다 하면서 걸음마를 주입시켰더니 나를 피한다. 쌀을 바닥에 뿌리고 아령을 굴리면 다칠 수 있다 싶어 아령을 치웠더니 삐쭉거린다. 화분 위에 있는 하얀 차돌을 뿌리지 못하게 화분 가까이 오는 것을 막았더니 울면서 할아버지가 싫단다. 우리 세대는 커 오면서 받았던 상처마저도 조용히 삭히었으나 요즘 아이는 여과 없이 표현한다. 아이도 듣기 싫은 말은 듣지 않겠다는 것이다.

예쁜 마음이 담긴 말이 상대에게 전달되도록 말하는 태도와 어휘발굴에 신중할 필요가 있다. 대접을 받고 싶으면 대접 받고 싶은 만큼 남에게 때와 장소를 가려 말을 잘해야 한다. 언행에서도 사람관계의 중요함을 뜨겁게 알아야 한다.

(2011년 5월)

환경에 따라 인성도 다르다

동식물이 살아가는 환경에 따라 모양이나 상태가 변하듯이 사람도 삶의 배경이나 환경에 따라 인성이 다르고 외부 충격을 체화하는 방식에 따라 행동의 패턴이나 기준도 변화한다. 상대방이 살아왔던 생활이나 문화 환경을 알 수 있다면, 그 사람의 행동 패턴을 예측할 수 있고 의사결정 성향을 짐작할 수 있다.

결혼할 때에 집안과 가풍을 보는 것은 생물학적 유전인자와 상대 부모님이 살아온 세월에서 축적된 사회적 환경 인자를 짐작할 수 있어, 새로 가족이 될 사람의 인성을 그려 보고 행동 패턴을 생각해 보고자 하기 때문이다. 가족이 되고자 하는 사람의 인격이 우리 집안의 인격과 조화를 이룰 수 있는 사람을 맞이하고 싶고, 그러한 사람이 내 가족이 되어야 융합이 잘 되고 미래에 있을 수 있는 불화를 예방할 수 있을 것이다.

일본인들은 외출 후 집안으로 들어갈 때 벗어 놓은 신발의 뒤쪽이 집 안쪽을 향하도록 정돈한다고 한다. 손님으로 일본 가정에 초대될 때는 서울에서 놓던 신발 방향과 반대가 되어야 예의 바른 행동이라는 것이다. 일본에서 우리식으로 신발을 벗어 놓으면 조백이 없다 하여 절친한 친구로 사귈 수 없을 것이고, 한국에서 일본식으로 신발을 놓는다면 소심하거나 좀스럽다 할 수 있을 것이다. 신발이 놓여 있어야 할 위치에 옳고 그름은 없다. 문화의 차이 즉 축적된 경험의 차이에 따라 다를 뿐이다. 우리가 행하거나 이해했던 많은 일도 다른 문화권에서는 그 문화를 따라 행해지거나 그들과 같이 행동하는 사람이 더 쉽게 이해되고 공감될 수 있다는 것이다.

신호등 없는 도로에서 앞차가 해치라이트를 점멸하면 한국에선 내가 먼저 가겠다는 의사 표시이나, 영국에선 먼저 가라는 양보의 표시라고 한다. 규범에 따라 형성된 규칙을 따라야 차량이 순조롭게 소통되고 교통흐름이 원활해질 수 있듯이, 환경에 따라 나를 변화시킬 줄 알아야 훌륭한 운전자가 될 수 있다. 마찬가지로 사람을 잘 이해하려면 그 사람이 자라난 환경과 문화배경을 알고 이해하려고 노력해야 된다.

금년 겨울은 눈이 많이 내렸다. 혹사당한 승용차를 정비하고자 친구가 운영하는 정비소를 찾았다. 그곳에서 만난 또 다른 고향 친구와 함께 우리 셋은 밖에 나가 점심식사를 하고 눈에 덮혀 있는 들판을 되돌아 나왔다. 지난 저녁부터 내린 눈에다 오전 중 갑작스럽게 내리기 시작한 폭설로 도로가의 가로수는 눈을 함빡 인 채 서 있고, 가지는 휘어지도록 눈을 보듬고 있다. 아름다운 모습이 산과 들과 함께 어우러져 만들어 낸 설경은 우리에게 눈이 내리는 날의 경이로움을 끝없이 선사한다.

들뜬 분위기에 우리는 가장 좋아하는 설경은 어떤 모양인가를 놓고 이야기를 나누게 되었다. 태어나고 자란 마을이 같은 군(郡) 이웃 면(面)임에도 서로 달랐다. 산과 들이 만들어 낸 지역적 환경에 큰 차이가 없건만, 유년기를 보내고 자란 고향 마을에 따라 선호하는 설경 모습이 사뭇 달라짐에 나는 깜짝 놀란 적이 있다.

큰 산을 병풍 삼아 뒤로 하고 안산을 내려다 볼 수 있는 위치에 있는 마을에서 살았던 나는 대나무나 소나무에 눈이 내려 나무가 휘어지도록 쌓여 있는 모습을 보아야 설경의 정취를 느낀다고 하였다. 마을 뒤로 벌판이 펼쳐진 들녘에 마을이 있는 친구는 논밭에 쌓인 눈이 녹기 시작하면서 눈 속에 있는 검은 흙이 듬성듬성 보이는 해 질 저녁의 잔설에서 설경의 정취를 아름답게 느낀다고 한다. 계곡 밑으로 개울물이 흐르는 곳에 집이 있는 계곡 마을 친구는 내리는 눈이나 쌓여 있는 눈보다는 안개 등으로 물기 머금은 나뭇가지에 핀 하얀 설화에서 참 설경을 느낀단다.

설경의 뉘앙스도 낳고 자란 마을의 위치에 따라 다르고 좋아하는 이미지도 촌락의 환경에 따라 다름을 알았는데, 어찌 나만의 생각이 옳다 할 수 있겠는가. 이해하고 받아들이는 것만이 지속된 그간의 우정에 대한 예의이자 소통의 원천 아니겠는가.

사람 간의 소통은 성장 배경과 처해 있는 환경이나 입장을 알지 못하면 어렵다. 알지 못하면 볼 수 없고 이해하지 못하면 함께 하기가 더 쉽지 않다는 것이다.

사람을 사귀거나 직장의 상사나 부하를 대할 때도 성장 환경을 안다면 이해의 폭이 넓어지고 소통이 즐거워질 것이다. 사업상 만나는 사람이나 직장을 찾아오는 민원인의 사업 배경을 알 수 있다면, 의사 결정을 순조롭게 진행할 수 있으며 인간관계도 따뜻하게 형성될 수 있을 것이다. 관심을 가지고 상대를 보고 들으려 한다면 노출된 환경과 배경을 어렵지 않게 읽을 수 있을 것이다.

사람과의 대화는 주장한다고 되는 것이 아니라 상대를 이해하는 것이 먼저라 한다. 자기 뜻을 관철하는 것이 아니라 상대의 의도를 거스르지 않고 내 뜻을 전하는 것이다. 스포츠나 게임도 이기자고 하면 부담되어 이길 수 없고 즐기면서 노력하면 결과가 좋을 때가 많다. 욕심은 스트레스를 낳아 경기를 망치지만 배려는 마음에 여유를 가져와 경쟁을 박진감 있게 만들면서도 서로의 인간관계를 밀착시킨다.

아마추어 골퍼 간의 경기에서 배려의 미덕으로 홀컵과의 거리가 퍼터 거리 이내면 양보(give)를 준다. 받는 사람은 홀인의 부담을 덜어 홀가분한 기분을 느끼고, 주는 사람은 받는 사람의 홀인 능력을 인정해 주는 여유를 누림으로써 골프를 즐겁게 끝낼 수 있다. 골프장이 부족한 환경에서 이러한 양보 규칙은 골프 진행을 순조롭게 하기 위한 골프장의 이기심이라 생각할 수 있지만, 양보는 상대를 인정하고 내가 여유를 갖게 하는 계기를 만들어 주는 미덕이다.

미국같이 골프를 즐길 수 있는 풍족한 환경에서는 여유 있게 퍼팅 마무리를 하고 싶어 하는 골퍼에게 양보는 포기하고 홀 아웃 하라는 독촉으로 받아들여질 수 있음을 알고, 상황에 따라 양보를 활용해야 한다. 환경이 만들어낼 수 있는 인성을 읽고, 양보를 하거나 퍼팅 기회를 주어야 소통하는 골퍼가 된다 하겠다.

새로이 등장하는 현안의 해결은 문제의 배경과 상황을 얼마나 잘 이해하느냐에 달려 있다. 협상을 잘하는 것은 해결 방안을 찾는 것 못지않게 상대의 마음을 읽어 주고 자발적인 양보를 얻어 내는 데 있는 것이다. 상대의 마음이 분노를 느낀다면 협상의 성과는 반쪽이 되어 또 다른 현안의 등장을 막을 수 없을 것이다.

골프를 잘 치는 골퍼는 핸디를 줄이는 사람이겠으나 협상을 잘하는 골퍼는 핸디와 관계없이 대화의 상대가 치는 공의 방향으로 샷을 날리고 거리를 맞추어 상대와 이야기할 수 있는 기회를 많이 갖는 자이다. 산뜻하게 휘두르는 스윙도, 멀리 날아가는 비거리도, 예측거리에 안착하는 하얀 공도 중요하지만, 상대 골퍼의 실력을 파악할 줄 아는 골퍼가 인간관계를 부드럽게 해결하는 참 골퍼라는 말이다.

등산도 마찬가지다. 건강관리의 방편으로 하는 것이라면 혼자 산에 오르는 것이 좋다. 친교나 인간관계를 회복시키려 한다거나 협상을 위한 기회로 활용할 생각이라면, 삶의 배경이나 환경이 만들어 낸 상대의 인성을 염두에 두고 나의 생각을 밀착시켜야 친구도 절친하여질 수 있고, 협상도 순조롭게 마무리할 수 있는 등산이 될 것이다.

(2010년 11월)

작은 곳에서 길을 찾아보자

　　오전 10시를 넘기자 지하철 2호선 강남(선릉-방배)구간은 출근길 승객을 더 이상 승하차시켜야 할 필요가 없는지 사뭇 여유롭다. 늦어도 금년 말 안에는 의료보험관리공단이 실시하는 종합검진을 받아야 해서 지난밤부터 아침까지 나의 배는 텅 비어 있었다. 오랜 공복과 장시간 긴장으로 건강검진센터(하나로재단)를 나오면서부터 정신이 몽롱해지고 오감의 느낌이 선명하지 않았다.

　　앞자리에 앉아 조는 듯 눈을 감고 있는 40대 아주머니, 스마트폰을 두드리는 20대 청년도 지하철 실내의 조용함을 방해하지 않고 자기가 해야 할 일을 하면서 탑승의 편안함을 즐긴다. 2주일 후에 검진결과를 알려 주겠다면서 담당 의사의 나쁘지 않다고 귀띔해 주던 작은 한마디 말을 생각하니 가슴이 후련하다. 혹시나 하면서 마음을 조이던 나는 오랜만에 여유를 만끽한다.

　　간혹 접하는 작은 것으로 일상에서 누리는 행복도 많고 사소한 관심으로 시작하여 이루어 내는 도약도 우리 생활에는 많다. 작고 사소한 것의 결과를 작은 것으로 여긴 채 덤벙덤벙 지나치면 우리는 많을 것을 잃고 실수를 반복하여 가능성 있는 기회를 획득하지 못할 수도 있음을 알아야 한다.

이사하는 것을 주거 이동으로만 생각하고 교육환경을 고려하지 않았다면 맹자의 명성은 지금까지 나타날 수 없었을 것이고, 사람을 찾는데 유비가 성심(三顧草廬)을 다하지 않았다면 책사 제갈량을 얻지 못해 삼국지의 흥미가 반감되었을 수도 있었을 성 싶다. 환란 중에 백성을 향한 유비의 애민이 없었다면 형주 9군의 회복을 이룰 수 없었을 것이고 서천, 한중이 촉나라의 땅이 되지 못해 삼국지의 이름이 무색할 수 있지 않았을까를 생각해 본다.

내가 해야 할 일을 찾고자 작고 사소한 일에 정성을 다할 때 기회가 오고 소망하는 내가 될 수 있으며 나를 지탱해 주는 나의 정체성도 일관되게 주어지리라 본다.

어린 시절 절약마인드를 가르치고자 나의 어른께서 말해 주시던 만석꾼 이야기가 생각난다. 떨어져 있는 밥알 세 톨을, 첫 번째는 밥상머리에서 또 한 톨은 마룻바닥에서 마지막 한 톨은 화장실에 떨어뜨린 조물주의 시험을, 만석꾼 부자가 보물을 발견하듯이 귀한 밥알을 누가 버렸나 하면서 재빨리 주워 먹더라는 이야기다. 조물주께서 복을 받을 만한 사람이라 평가하셨기에 만석꾼 부자로 계속 남을 수 있었다는 내용이다.

나 먹을 것을 스스로 벌어 살고자 한 소박한 촌부라도 남에게 겸손하고 주어진 재물에 감사할 줄 알아야만 소유가 정당화되고 얻을 기회가 오고 누릴 행복이 찾아온다는 것이 세상의 이치다. 큰 부자는 근검하고 절약만 해서는 될 수가 없고 부자 될 만한 자격, 즉 부자의 인격을 갖추어야 한다는 이야기다. 밥알 세 톨을 귀하게 여기고 사소한 것을 중하게 여길 줄 알아야 한다는 하늘의 이치를 내가 알게 하고자 한 것이다.

  성공한 사람도 사소한 일에 고마워하고 이웃의 배려에 감사할 줄 아는 행동이 있어야 한다는 말이다. 남보다 조금 앞서 간다고 촐싹거려서도 아니 되며 성공했다고 우쭐하거나 대우받기를 탐하지 말자는 것이다. 예의를 벗어나지 않는 한도 내에서 칭찬하고 고마워하며 겸손할 줄 알아야 한다는 말이다. 입신하고 싶거나 잘나가고 싶은 사람의 인격은 더욱 그리해야 될 것이다. 주변의 지인 중 지금까지 할 만한 일을 하면서 활동하는 사람은 대부분 젊은 시절 노력하면서 남을 배려할 줄 알던 사람이 많고, 남과의 관계에서 겸손하고 사소한 일에도 남을 칭찬하였으며 상대의 어려움을 헤아렸던 사람이었다.

  세월이 지날수록 작은 배려는 더 크게 평가되어 일할 줄 아는 사람이라는 평판이 붙더라. 우리들 모두가 은퇴를 염려할 즈음에도 위아래로부터 인정을 받고 머리 아파하는 업무 처리를 사람 관계로 곧잘 해결하는 것을 보았다. 조직의 생리상 시차를 두고 모두 명퇴하였지만 남을 세심하게 배려해 주던 그 사람은 자기분야의 일을 오래도록 하다가 제 2의 일을 맡아 지금까지 열심히 일하는 것을 본다. 우리는 일할 수 있는 자의 힘과 능력이 작은 일의 누적에서 나옴을 뒤늦게 알고 깨닫는다.

처음에는 작으나 큰 것이 될 수 있음은 자라나는 생명만이 아님을 알아야 하고, 같은 장인의 작은 도자기도 관리를 잘하면 오랜 세월이 지나서 큰 그릇 못지않게 귀하신 몸이 될 수 있음을 우리는 문화재에서 본다. 남을 보살피고 인정으로 보듬으면 내가 보물도 되고 거목도 될 수 있으며, 남들도 귀한 사람으로 대접한다는 진리를 너와 나의 관계 속에서 일찍 깨닫자. 보듬을 능력이 부족하다면 최소한 나를 이해는 시킬 줄 알아야 하지 않겠는가.

사람을 무시해서는 안 되는 이유는 그 사람이 나와 같은 인격체이기도 하지만 세월이 흘러가면 이전과 다른 사람이 될 가능성이 있기 때문이다. 남에게 행하는 만큼 남도 내게 답한다는 황금률을 믿으면서 크고 작음에 상관하지 말고 최선을 다하여 감사하는 마음을 갖는 것이 좋지 않겠는가. 언젠가 내가 베푼 작은 호의에 이웃은 고마워하고 나의 작은 신뢰에 소꿉친구는 희망을 얻으며, 한마디의 칭찬에 동료는 더 열심히 일할 수 있다는 것을 믿어야 한다.

믿어 주면서 이웃의 어려움을 보살피고 주변의 성공에 박수칠 줄 알며, 남의 도움에 감사할 줄 알아야 하고 지난번 극복한 역경이 나의 힘만으로 이루진 것이 아니라는 것을 도움 주신 분에게 말할 용기가 있어야 한다. 내 삶의 작은 행동이 나를 아름다운 사람으로 존경 받는 인물로 남겨 놓을 수 있다는 것을 믿어 보자.

(2012년)

사고학습의 필요

옛날에 어떤 선비가 서당에서 공부하는 아들을 찾아가 하루 밤을 보내면서 학습 성과를 확인하였다. 그런데 아들이 펼쳐 보인 명심보감의 학습량이 1년이란 세월에 비해 진도가 너무 나가지 않았음을 확인하고, 훈장이 아들을 열심히 가르치지 않았다고 판단하여 그 길로 아들을 데리고 집으로 왔다. 훈장을 게으른 사람이라 평가하면서 배웠던 학습내용을 펼쳐 습득된 내용을 확인하였더니 아들의 이해도가 배운 문장은 물론이고 해당 한자와 연관된 고금서의 글귀나 어휘를 활용하는 능력 등 수학 수준이 매우 높음을 알고 뒤늦게 아차 했다 한다.

황급하게 짐을 꾸려 훈장을 찾아가 자신의 무례를 사죄하고 아들을 다시 부탁하였다. 훈장 왈, 아이는 자기가 배운 분량보다 많은 것을 안다는 것을 이미 알았기 때문에 앞으로 교육하기가 어렵고 학업에 열의가 없을 것이라 하면서 정중하게 재입학을 거절하더란다.

이 이야기는 생각하는 사고학습은 사물을 유추 해석할 수 있고 현상을 생각하고 판단할 수 있는 지혜의 힘을 길러 준다는 것이다. 공장에서 제품 생산하듯 지식을 학습하면 암기된 사항을 확인할 수 있으나 판단 능력이 따라오지 않아 새로운 문제를 해결하는 데 힘들어 하면서 부모나 선생에게 의존하여 답을 얻고자 한다는 것이다.

이것이 선행학습이 야기한 반복학습의 폐해라고 생각한다. 가르치고 배우는 일은 사람을 좀 더 정의롭게 하여 세상의 문제를 잘 이해하고 해결하기 위함일 게다. 자녀의 학습능력을 키워 자녀가 사람 되게 하려는 것이다. 폭 넓은 삶, 다양한 접촉, 생각하는 학습 등이 인간의 사고능력을 키울 수 있다고 생각한다. 단답이나 즉답을 바라는 선행학습보다 더디지만 해답을 찾고 시간이 걸리는 사고학습으로 교육시키고, 역사 등 인문학과 사회 및 자연현상에 접할 수 있는 기회를 아이들에게 마련해 주어야 한다.

우리가 알고 있는 것은 기억에 따라 아는 것과 이치와 연관하여 기억하여 아는 것이 있다. 기억하여 아는 것은 답을 암기하는 것이라서 응용이 어렵지만 사물의 이치와 원리를 알고 기억하는 것은 답을 잊었을지라도 쉽게 이치를 찾고 유사한 문제의 답을 도출해 낼 수 있는 확률이 높다. 세상의 문제는 정형화 되어 있지 않은 것이 많아서 기억만으로 답을 암기할 수 없는 경우가 대부분이다.

우리 사회가 '빨리 빨리'만을 원하는 실적주의를 신봉한 관계로 문제를 이해하기보다는 답을 찾고자 하는 것이 학교에서 시작되어 지금은 취업시험에도 모범 자기소개서가 유행하는 상황이다. 선행학습은 답을 먼저 보고 아는 체하는 것이고 모범소개서는 틀에 나의 이력을 대입하는 관계로 타인의 인생과 나의 차이를 나타낼 수 없다.

문명이 미약하여 선진국을 복사하기 바쁘던 나의 젊은 시절, 일본 유명 대학의 입시 문제가 우리나라의 다음 해 대학입시에 나와도 용인되었듯이, 지난 사회는 선행학습의 선점효과를 일정 부분 누렸다. 그러나 지금은 선행학습의 결과가 논문 카피를 부추기어 사회적 문제를 만들고 단답형 인간을 양산하게 된 원흉이라고 한다. 카피 사회는 적은 노력으로 일정수준의 결과물을 얻어낼 수 있으나 본선 경쟁에서는 반드시 실패할 수밖에 없다.

이치와 원리를 모르고 시스템을 작동하거나, 인간의 오묘함을 모르고 사회관계를 해결하거나 유지할 수는 없다. 우리도 한 단계 업그레이드된 사회를 만들기 위해 자녀에게 사고학습을 강조해야 된다.

아름다움에도 선線이 있다

　성형을 부추기는 지하철 광고판에 쓰여 있는 과거를 잊고 삽시다라는 홍보 문구가 시선을 끈다. 젊은 남녀가 성형 이후 잘 생긴 남자가 되고 아름다운 여자가 되어 상대를 바라보면서 만족해 하는 화면과 성형 전의 미흡한 얼굴을 생각하면서 흡족해하는 사진이다. 우리는 옷을 입고 화장을 하며 보석을 차고 명품을 들거나 휘감는다. 이도 마음에 차지 않으면 태어난 얼굴에 색상을 바르고 집어넣기도 하고, 얼굴의 높낮이를 바꾸며 볼륨감을 더하고 빼는 성형을 한다. 본질을 치장하거나 뜯어 고쳐서라도 외견상 더 좋은 상태가 되도록 개조하려는 욕망은 인정받고 싶고 돋보이고 싶어 하는 인간의 본성인지도 모르겠다.

　본질을 분발시켜 더 좋은 상태로 연마하고자 공부하고 노력하는 인간의 행동은 자연 인간을 문화 인간으로 바뀌게 하는 의미 있는 일이고, 허약한 신체를 강건하게 하기 위한 체력 단련 또한 활력 있는 삶을 추구하는 일이라 생각되어 본질에 충실했다 싶다.

학문에 전념하고 문학이나 예술에 심취하며 체력을 개선하려는 우리들의 일상적인 행위 등등은 타고난 본질을 향상시키고자 스스로 노력하고 부족함을 메워 보려는 극복과정으로 바람직하고 아름답다 하겠다.

그러나 금전이라는 매개물을 통하여 노력함이 없이 본질을 바꾸어 변형되는 결과를 누리고 후한 평가를 받아야 하는 문제는 시대에 따라 받아들이는 정도에 차이는 있었으나 항상 사람의 시비의 대상이 되었다. 생 얼굴에 화장하는 것이 문제이던 시대가 오래전 옛날 지나가고, 가벼운 화장 시대에 빨간 입술연지가 문제되었지만 지금은 구조를 바꾼 성형도 어느 정도 용인되는 시대가 된 것 같다.

한국사회의 성형문화는 이웃 일본이나 중국과 다르고, 유럽이나 미국과도 차이가 있다. 남과 다르고자 하는 나만의 개성에 따라 행하는 화장이나, 선천적 결함을 시정하거나 개선하고자 하는 성형은 생물학적으로 인정되어야 한다. 자기 시대를 살아가는 데 필요한 문화 치장을 어디까지 사회가 용인하느냐는 문제는 논의해 볼 필요가 있다 싶다. 금전으로 사람의 마음을 사는 것이 부도덕이 되듯이, 우월적 위치를 누리고자 하는 성형 또한 부도덕이고 성형하지 않거나 못하는 사람에 대한 차별이다. 본질을 있는 그대로 평가하지 못하는 사회도 문제지만, 외모만을 포장하여 승부하고 기만하여 우수한 평가를 받으려는 우리 사회가 더 문제가 있다 싶다. 그런 사회가 추구하는 공동선의 기준은 금전이 될 수밖에 없기에 문제는 더 증폭된다.

우리 사회가 선진국에 비해 과하게 외형을 추구하는 것은 능력과 인성을 파악할 수 있는 식별 능력이 부족해서다. 외면을 포장하더라도 본질을 파악하려는 문화 인식이 약하고, 포장에 대해 후한 평가를 사회가 허용하기 때문이다. 사회가 치장이나 변형된 외모를 좋게 평가하고 우대하다 보면 구성원은 위치를 선점하고자 금전과 시간을 활용하여 한없는 낭비적 변형을 추구하는 것이 당연시되며, 이러한 사회적 욕구가 반복되는 현상을 우리는 감내할 수밖에 없게 된다.

본질 그 자체를 중하게 여기는 사회로 우리 사회가 전환된다면 포장하고자 하는 욕구가 약화되어 자신의 능력을 개발할 것이고, 사람됨으로 사회적 위치를 선점하고자 선(善)의 경쟁을 할 것이다. 지금은 실력자의 취향과 기분을 맞추기 위해 저질러지고 있는 변형보다 자기 개발에 승부를 걸어야 할 때이고, 기성세대도 이에 동참하거나 협조하여야 되겠다. 무익한 외적 변형을 추구한 무분별한 낭비는 사라져야 하고 영혼이 깨끗한 자가 선택을 누릴 수 있는, 능력이 중시되는 사회 정화를 시작해야 할 때가 왔다.

(2011년)

의義의 선택

　고려대 옆으로 길이 있는데, 이 길은 태조 5년(1396년)에 지어진 절 이름 개운사를 따라 개운사길이라 불린다. 성북구청이 이 길을 인촌로(仁村路)라 개칭하려 하자, 네티즌의 반응이 부정적이다. 네티즌의 강경한 개칭 반대로 토론은 시작되었고, 토론자의 다수 의견은 민족정기를 바로 세워야 하기 때문에 인촌 김성수를 기리는 이름으로 길 이름을 개칭해서는 안 된다는 입장이다.

　민족문제연구소가 인촌을 친일파로 분류한 이유는 인촌이 학도 출진 좌담회(1942년)에 나가 학도들에게 전쟁에 참전할 것을 권유했던 사실과 문약의 기질을 버리고 상무의 정신을 찬양하는 논설문을 기고한 것이고, 라디오 방송에 출연하여 일제의 전시동원협력 체제에 협조하라고 선동했다는 것이다. 인촌도 좋아서 한 행위가 아니라 총독부의 강압에 의하여 마지못해 협조하였겠지만 사회적 영향력이 있는 지도자가 학생과 시민을 전쟁터로 내몰았다는 것이 불의라는 것이다.

협조적 선택은 정의가 아닌 반민족 행위이기 때문에 인촌의 덕망과 그가 쌓아놓은 사회적 공헌이 비록 크다 할지라도 그런 인물을 기리는 도로 명을 성북구청이 부여해서는 안 된다는 것이 네티즌들의 주장이다. 의(義)를 사랑하되 피치 못하여 무엇인가를 희생해야만 한다면 재산 등이 먼저이고, 생명은 다음 아니겠는가. 사람이 한평생 바르게만 산다면 모두로부터 이견 없이 평가를 받는 것은 당연하다 싶다. 집단의 생존을 위해 어쩔 수 없이 옳지 못한 길을 택했다 하면 실천한 의의 무게에 따라 의를 재평가해 주는 것이 타당하지 않겠는가.

참전을 학도에게 권유한 것은 잘못이지만, 폐교를 막은 것이 어찌 인촌만의 이득이겠는가. 상황을 모르쇠 하고 사실만으로 역사를 말하는 것은 편파적인 평가라 하겠다. 인촌은 누구였는가를 사실대로 알기 위해서는 그 시대를 산 사람의 글이나 증언이 있어야겠지만 아쉽게도 80년 가까운 이전 일이다. 허물로 인하여 그 사람이 행한 업적이 특정한 시대에 가리어지더라도 존재했던 공(功)은 시대의 흐름 속에서 재조명되고 다시 평가되어야겠다.

명예를 지키고자 학교를 버리느냐, 학교를 살리기 위해 내가 오욕을 먹고 희생되어야 하느냐. 전시체제를 구축해 가던 총독부의 탄압에 학교를 폐교시키느니 수모를 감수하고서라도 좌담회나 방송에 나가는 것이 차선이라는 것을, 그 시대의 학생과 선생 그리고 사람들은 알았을 것이다.

인촌은 스승이자 장인을 존경했다 한다. 스승은 대한제국 말 구국의 길은 인재양성에 있음을 믿고 인재를 가르치던 문신이자 교육자였다. 인촌의 스승도 세상의 구설수에 오르내린 때가 있었다는 것을 사위도 알았을 것이고, 시대가 요구하는 뜻을 이루려 어떻게 대응했는지도 보았을 것이다.

스승이 인재를 모집하기 위해 향교를 찾았을 때, 향교를 지키는 수위가 다른 선비에게 곧잘 하는 인사를 스승에게 하지 않았다고 한다. 왜 나에게 하지 않느냐고 물었더니 수위는 반상타파가 당신의 주장임을 알고 있는 내가 왜 당신에게 먼저 인사해야 하느냐, 당신이 먼저 내게 인사할 수도 있지 않느냐라고 하였다 한다. 스승이 수위의 핀잔을 웃음으로 넘기셨다는 일화를 인촌도 들었을 것이다. 스승의 웃음의 뜻도 이해하였을 것이고, 장인의 대처 방법도 이해하였을 것이다. 신교육에 대한 사회인식이 부정적이고, 교육경영은 곧 일본을 돕는 행위라는 시대 인식도 인촌은 알았을 것이다. 인재를 양육하고자 몸을 낮추고 일제와 충돌을 피하고 싶어 전시동원에 협력하였을 것이라는 일제시대의 상황을 우리는 안다.

사람에 대한 평가는 일생을 길게, 그리고 객관적으로 보아야 한다는 덩샤오핑의 이야기가 생각난다. 마오쩌둥은 문화대혁명 등에서 큰 실책이 있었지만 실사구시(實事求是)의 공이 크고 오늘의 중국을 있게 한 그 시대의 지도자이기 때문에 중국은 그를 평가하는

게 옳다고 덩샤오핑이 한 말은 일리가 있다 생각한다. 또한 개혁, 개방을 통해 중국의 근대화를 있게 한 덩샤오핑도 민주화를 요구한 천안문 시위대를 무력으로 진압한 과오가 있었다고 해서 중국의 근대화에서 덩샤오핑을 부정하기는 참으로 어렵다. 마오 주석도 덩도 과오는 있었지만, 중국의 오늘(G2)을 서 있게 한 지도자이기 때문이다.

수모와 희생을 당하더라도 인재를 필히 키워야 하고 암묵적으로 군자금을 의병에 지원하는 것이 난세의 선각자가 감내해야 할 숙명이라는 것을 스승의 행위로부터 보고 알았을 것이라 본다. 인촌도 총독부 치하에서 그가 피할 수 없어 행했던 생존 방식을 좀 더 곱씹었더라면 오늘의 수모가 없었을 터인데 이 점은 아쉽다. 보성전문학교(현 고려대학교)를 육성하고 동아일보 등을 설립하여 국민 계몽과 나라 발전에 기여한 인촌이 일제의 힘에 눌려 한순간 선택한 차선에 해당하는 협력으로 그의 가치가 폄하되고 업적 또한 절하되는 것을 보면 세상의 눈이 무섭고 평가가 야속하다 싶다.

인촌에 대한 지금의 평가는 냉엄하지만 그가 추구했던 민족 자본 성장을 위한 노력과 교육 활동을 통해 이루었던 인재양성, 언론에 의한 국민계몽 등이 언젠가 평가되었으면 한다. 바른 뜻을 향해 나가면서 수모를 받더라도 나의 희생을 감내할 수 있다면 의로운 삶이라 할 것이다. 우리가 의인을 존경하는 이유는 의의 실천은 희생과 아픔을 우리에게 눈으로 보여 주기 때문이다.

(『아름다운 이름을 위하여』, 남서울교회 문집, 2012년 12월)

어른의 말씀은 실천行이 먼저다

농경사회에서 태어나고 자란 나는 동네 어른들의 역할을 안다. 어른의 기침소리에 옷깃을 바로 잡고 어른의 훈계에 생각을 고쳐먹는다. 어른의 일갈(一喝)은 권위가 있고 귀감이 되어 행위의 기준이 되었고 동네의 생활 관습을 고치기도 한다.

지금의 우리 사회는 나이 드신 어른은 많으나 행위의 귀감이 되고 옳고 바름을 알려줄 수 있는 존경받는 어른을 찾기가 힘들고, 세상도 어른을 어른으로 모시기를 어려워한다. 어른의 앎이 지난날의 어른보다 빼어나지 못해서가 아니라 어른의 행동이 자리에 따라 상황에 따라 말과 일치하지 않기 때문이다.

나이가 있는 나도 지금까지 듣고 보고 체득한 것이 있다. 만사를 아는 체했던 적도 많았다. 안다고 설명하고 가르쳐도 듣는 사람이 반가워하지 않는 것은 듣는 사람도 신문이나 방송을 통하여 이미 알고 있기 때문일 것이다. 그러나 모른다 하더라도 지시적이고 통보적인 언어를 사용하여 말하면 들으려고 하지 않는다. 우리 사회가 그만큼 지식에서 수평적이 되었다.

마치 택시 운전기사가 승객에게 이전 승객으로부터 들었던 이야기를 자기의 지식처럼 전달하는 형식의 지식 통보나 체화되지 못한 지식을 자기 철학인 양 말할 때, 사람들은 유체이탈 화법이라 하여 귀담아 듣지 않는다. 전달자의 지식이 삶과 일체감이 있어야 듣는 사람도 감동을 받고 행동을 답습하지 않겠는가. 그렇지 못한 언행은 듣고 싶어 하지 않고 변화된 실천을 행하고 싶어 하지 않을 것이다.

어른으로서 존경받고 싶다면 살아온 삶이 말하고 싶은 분야에서 정확하고 분명한 자기 기준이 있어야 한다. 행동 또한 말하고자 한 기준 따라 살고 있고 지금까지 그렇게 살아 왔어야 한다. 삶과 기준이 일치하지 않는 사람은 남에게 권면하는 말이나 조언하는 행위를 자제하는 것이 옳고 어른인 척하는 말을 삼가는 게 좋다.

모든 분야에서 어른이 되려 한다면 어른 되기를 포기하는 게 좋을 듯싶다. 어른은 한 세상 살아오는 과정 과정에서 그간 지향하던 삶의 기준이 중요하다. 사회적으로 곧고 바르며 공공선(公共善)으로도 의(義)로워야 한다. '義'란 종교에 따라 인이고 자비이고 사랑이어야 한다. 의를 잡고 살아(行)가는 어른의 말씀은 항상 힘이 있고 울림이 있기 마련이다. 어른의 말씀은 힘주어 말할 필요도 없고 말할 기회를 애써 잡으려 노력할 필요도 없다. 어머니가 사랑하는 아들딸에게 말하듯 부드럽고 조용하게 말하면 세상의 사람은 모두 마음으로 듣고 감명 받는다. 듣는 사람이 행하셨던 어른을 알아보고 어른 말씀에 나의 행동이 따라야 된다고 느낄 때라야만 어른의 존재는 빛나고 더욱 값지다 하겠다. 어른의 말씀은 실천(行)이 먼저여야 한다.

(2017년 10월)

생각하면 공감할 수 있다

사촌 형님의 막내(당질)아들이 결혼한다는 기쁜 소식을 듣고 광주 가는 교통편을 생각한다. 승용차로 가는 방안을 한동안 염두에 두다가 토요일은 정체가 심하다는 사실과 내게 생소한 광주 서창동 지역에 예식장이 위치한다는 이유를 들어 시외버스터미널을 이용하기로 아내와 합의한 후 표를 대합실에서 사전 예매했다.

승차한 고속버스는 내가 이사해 살고 있는 오산에서 우리를 태우고 국도를 따라 평택을 들려 잔여 좌석을 채운 후 고속도로에 진입하는 시외버스다. 광주까지 가는 소요시간이 3시간 반이라는 매표원의 어제의 말을 설마로 넘겼던 나는, 승차하고 나서야 광주행을 원하는 손님이 경기 남부에 있다는 사실을 깨닫는다.

지금까지 지방의 거점도시와 서울만을 오가는 생활권에서 살아왔던 나의 관념 속에는 송탄과 평택에서 승객을 받는 시외버스의 오지랖이 불편했고, 나대는 버스의 영업행위로 늘어나는 운행시간이 오산 승객을 무시한 처사이자 과욕으로 비쳤다. 경기 남부에도 광주행 수요가 있다는 점, 오산만으로 버스 운행이 버겁다면 인근 소도시를 아우르는 사업범위가 영업에도 좋다는 점, 그리고 당해 지역 잠재 고객도 이를 원하고 바란다는 것을 미처 이해하지 못했기 때문에 나의 마음은 잠시나마 불편했던 것이다. 조금만 깊게 생각했더라면 나의 편협함을 내색하지 않고도 지방 도시를 이해하고 버스의 입장을 공감할 수 있었을 터인데 말이다.

나 중심으로 생각하고 내 주변 위주로 사고하고 행동하는 편협함을 사소한 일상에서 돌아본다. 별일 아닌 일상의 오판도 많이 보고 생각하는 가운데서 우리는 깨닫고 타인과도 공감할 수 있음을 늦게나마 나도 알아간다. 우리의 경험은 때가 지나면 불분명해지고 알고 있는 지식도 온전하지 못한 것임에도, 나의 지식과 경험만을 믿고 일상을 판단하고 나아갈 방향을 거론한다. 기억이 일치하는가가 명확하지 않는데도 사실을 조명함이 없이 사안을 결정할 때도 많다.

잘못된 행동을 반복하지 않기 위하여서 우리는 깊게 생각하고 확인을 거쳐 결정해야 하겠다. 사건도 앞뒤를 구분하지 못하면 결과가 뒤틀어지는 경우가 종종 있는데, 사람간의 문제에서 아쉬움을 남기지 않고 깔끔하게 마무리하려면 나를 다스리는 마음으로 깊게 생각하고 일을 시작할 필요가 있다.

모임 때문에 지난 5월은 인천을 두 차례 다녀왔다. 한 번은 영종도 곳곳을 돌아보았고 다음에는 인천역 부근에 있는 차이나타운과 맥아더 동상을 거쳐 도선을 타고 영종도를 건넜다. 초등학교 모임은 한 시간 반이나 늦은 12시 무렵에 도착하여 영종도에 사는 친구의 집 구경을 놓치는 결례를 범했고, 대학 동기 모임은 약속보다 30분을 늦추어 시간을 사전 조정하였음에도 인천역에 가까스로 도착하고 조바심 속에서 약간 늦게 합류하였다.

영종도 모임은 오산과 인천 간의 교통 연계가 수월하지 않고 지역 간의 거리가 있음을 감안하지 못해 일어날 수밖에 없었던 필연의 결과였다. 대학 동기 모임은 서울을 기준으로 입력된 그간의 시간관념에 따라 출발하다 보니 환승 등의 문제가 생겨 약간 지체되었다. 지역이 바뀌었음을 생각하고 교통편과 거리를 판단하여 출발하였더라면 늦지 않았을 터인데, 인천은 한 시간이면 된다는 서울 중심의 그동안의 나의 생활경험을 너무 믿었나 싶다.

확신하고 있는 생각이나 경험도 상황을 따라 살펴보고 조건에 맞추어 판단하면 합리적 안을 찾을 수 있었을 터인데도 체득된 생각과 누적된 경험만으로 밀어붙이는 성향이 나이 많은 사람의 특성이라 한다. 주의해야겠다. 주거 이동으로 바꾸어진 거리를 감안하고 공간 이동에 따른 교통편을 살펴보았더라면 수월하게 대처할수 있었을 것인데, 결국은 부정적인 어른의 모습을 티내고 친구들을 기다리게 했음이 아쉽다.

우리의 삶은 어려움을 먹고 자라는 작물이다. 삶은 나를 중심으로 살되 가족과 사회를 볼 줄 알아야 열매가 익고 결실을 맺을 수 있다 한다. 열매라는 소출은 생각해서 저지른 고생의 산물이자 고난에서 얻어낸 결과물이라 생각한다. 사람의 삶 속에 있기 마련인 어려움은 내가 감내해야 할 고난이자 행복한 인간관계의 출발점이라 여기면서 살아보면 주변도 우리와 공감할 수 있다 싶다.

직장이나 학교 모임을 다니다 보면 우리들은 가끔 정치 문제로 논쟁을 하게 된다. 사회적 활동 경험이나 지역 경험이 다르다 보니 문제를 인식하거나 해결하는 방법에 차이가 있을 수 있다. 국민으로서 의견을 말하고 방안을 나누는 정도의 정치 주제인데도 누군가가 아는 체를 하다 보면 토론장은 상대방의 이야기를 경청해야 하는 장소가 되거나 거칠어지는 소리를 들어야 하는 소음장이 되기도 한다. 각자의 식견을 듣고 공유하자는 만남으로 여기고 토의하는 데도 소득 격차를 해소하는 방법에 차이가 있고, 특정세력의 주장을 감싸는 발언이 나올 때면 식견이 있느니 없느니 하면서 서로가 서로를 언짢아 하고 토론 자체를 부정하는 말로 귀결이 된다.

잘 알고 있는 지인이고 친구라서 위로를 받고자 터놓고 자신의 생각을 말하는 데서 벌어지는 논쟁이건만, 상대의 감정을 인정하지 않고 상대를 의식이 없는 사람으로 매도하는 친구나 지인이 얄밉다. 모임의 남자들은 정치의 계절이 되면 더 많은 참견을 하고 언성을 높이며 성장과 현실적인 분배에 대한 방안을 구획하기 위해 남과 나를 구분 짓고 참견도 후회도 많이 한다.

특정 문제에 대해 잘난 체를 하는 토론장이 아니라 사안에 대한 나의 의견을 말하고 싶고 상대방의 생각도 들어 보는 모임임을 감안하여 절제하는 마음으로 상대의 말을 듣는 능력을 우리는 항상 가질 필요가 있다. 체를 좋아하는 사람의 말에 내 감정을 다치는 것은 표현된 언어 때문이 아니라 나의 주장을 앞세우려는 내 욕심 때문이 아니겠는가. 참으면서 들을 줄 알고, 동의하지 않으나 토론은 함께할 수 있는 여유는 있어야 한다.

설득해 보겠다는 생각보다는 듣겠다는 생각을 먼저 하고 토론을 시작하면, 좋은 생각이 조용한 가운데서 서로에게 떠오르지 않겠나 싶다. 사안에 대한 자신의 의견을 말하겠다는데 말하는 상대를 치받고 감정을 건드릴 필요가 있겠는가. 아느니 모르느니 판단하지 말고 상대의 생각이나 의견을 들어 주면 될 토론을 언성을 높여 끝내서야 되겠는가. 간혹 열 받을 만한 말을 들어도 나를 생각하고 내가 겪은 경험이 편협하지는 않았나를 돌아보면서 이야기를 들어 주고 토론하면 언성이 높아질 이유가 어디에 있겠는가?

경청하고 넘어가더라도 한계와 인내는 있어야 한다. 집단 이익을 옹호하려는 의견이나 성장 기반을 저해시키려는 생각이나 시대 정신을 공공선으로 포장하는 것 등은 의롭지 못한 사이비라 판단하고 주장이 확산되지 않도록 이야기를 끝내야 할 것이다. 사안을 깊게 생각하고 관심을 갖는다면 토론은 합리적으로 종결되고 공감도 함께 이룰 수 있다 싶다.

생각해야 할 것이 거리와 시간이나 경험만이겠는가? 원망이나 슬픔도 생각해야 하고 정치나 사회 그리고 나눔과 배려도 생각하면, 참신한 대안이나 공감할 수 있는 방안을 찾을 수 있을 것이다. 우리 주변을 살펴보면 생각하고 결정해야 할 것이 많다. 참는 자의 자세로 생각하면 편협한 생각은 고쳐질 것이고, 그 간의 경험도 보완될 것이다. 그리하면 남의 입장을 볼 수 있고 이해하게 되어, 나를 향한 서운함과 원망을 거두게 되고 상대와 공감할 기회도 찾아오지 않겠는가.

우리가 삶에서 찾고자 하는 방점을 무엇에 두느냐에 따라 좋은 점만을 기억하는 사람으로 남기도 하고, 못된 점만을 알고 있는 늙은이가 되기도 한다. 돼지 눈에는 돼지만 보인다는 말처럼, 생각하는 삶이 무엇에 있느냐에 따라 미래의 우리에 대한 평가는 지금과 다르지 않을까 싶다.

잘해 보자는 믿음만 함께 공유한다면, 가족과도 사회와도 공감된다 싶다. 공감은 행복으로 가는 길이라 생각한다.

(2018년 6월)

3부

이곳저곳
나그네 되어

미국 동부 여행

　우리 부부는 장남 졸업식에 참석하기 위하여 인천공항에서 보스턴행 유나이티드 항공을 탔다. 샌프란시스코에서 항공기를 갈아타고서도 5시간여를 더 날아 다음날 아침 보스턴에 도착하였다. 원래의 계획대로라면 전날 밤 11시경에 도착했어야 했는데, 항공기의 인천공항 지연 출발로 이후 연계 항공기를 환승공항인 샌프란시스코에서 갈아탈 수 없어 늦게 도착하게 된 것이다. 지겹게 기다리고 힘겹게 타고 내렸는데, 마중 나와 있는 큰 아들을 보니 반가운 마음에 쌓인 피로가 금방 사라진다. 육체적 고난은 정신적 기쁨이 차고 넘치면 쉽게 해소되기 마련인가 보다.

　렌트카를 몰고 나온 아들을 따라 캠브리지 시의 프레스코트 24번지에 있는 대학 소속 빌라로 갔다. 방 2개와 거실 그리고 부엌이 딸린 숙소는 서울의 소형 아파트 구조와 비슷해서 그렇게 비좁아 보이지 않았다. 숙소 앞 길 건너에는 하버드 목공소인 카펜터가 있고 그 옆에 뮤지엄 홀이 있는데, 리모델링 중이라 자르는 톱질 소리, 때리는 망치 소리 등으로 주변은 산만하고 소란스러웠다. 학기가 끝나자마자 학교 당국이 미루어 왔던 공사를 시작하고 마무리하느라 그렇단다. 학업을 방해하지 않기 위해 학기 중에는 수리마저도 하지 않는다니 대학 당국의 지원 열의가 못내 부러웠고 그들의 자세가 본받을 만했다.

보스턴은 버스나 지하철 같은 대중교통이 발달되어 있었다. 도시 권역에서 차량이 필요할 때 시당국의 기름 값 지원을 받을 수 있는 공유차량 집카(ZIP CAR)도 손쉽게 렌트할 수 있단다. 시민의 일시적 차량 수요를 지원하여 차량 보유를 줄여보겠다는 정책이라 한다. 우리도 제도적 도입을 검토할 필요가 있어 보인다. 대중교통을 이용하니 시청도 갈 수 있고 항구도 들릴 수 있으며 퀸스 마켓에서 음료수나 과일도 사먹을 수 있었다.

돌아오는 길에 들른 중앙공원에는 산책하는 행인의 옷차림, 놀고 있는 아이들의 웃음소리, 친지와 함께 담소하는 사람들, 벤치에 앉아 책을 읽는 노인 등이 내 눈에 들어왔고, 공원에서 자란 파란 잔디는 바람과 함께 조화를 부리며 사람을 더욱 모이게 하고 있다. 여느 미국 도시와 다를 바 없는 도심의 건물은 도로를 따라 줄지어 있고, 조용히 흐르는 찰스 강가에는 조정경기를 즐기는 청년들이 보였다. 눈에 띄는 붉은 색의 공장(옛날 방직공장으로 쓰였던 건물)이 유서 깊은 MIT공대로 거듭나고 음악대학으로 변신되어 있음을 보고 그들의 합리적 사고와 이를 실천함이 놀라운 나머지 부럽기까지 하다. 미국이 세계 제일의 부국이 될 수 있었던 것도 풍부한 자원만이 아닌 그들의 절약과 재활용의 현명함에 있었음을 새삼 깨닫는다.

　다음날 하버드 359회 졸업식(2010년 6월)을 보고자 학부 앞 분수대 광장을 지나 러브스토리를 촬영하던 그곳, 300년 역사의 하버드 야드를 찾았다. 설립자의 흉상을 만지면 자녀들이 하버드에 입학할 수 있다고 전해오는 입소문 때문에 왼발이 사람 손에 의해 반짝반짝 빛났다. 졸업식 한 시간 전에 도착했는데도 준비된 모든 좌석이 사람으로 가득하다. D-티켓에 쓰여 있는 학부모에게 식전 2시간 전 교문을 개방한다는 알림의 의미를 뒤늦게 이해할 수 있었다. 많은 사람이 좌석 맨 끝 의자 뒤에 이중 삼중으로 서 있는 모습을 보고서야 졸업식에 늦었음을 실감하였다.

　미국대학의 졸업식은 수여식이 아닌 축제임을 새삼 느낀다. 졸업식에 이어 GSD(건축디자인대학)의 학위수여식을 끝으로 제공되는 오찬을 잔디밭에서 마치고 나니 대학 졸업식은 분명 잔치였음을 실감하지 않을 수 없다. 졸업식에 부모가 왔고 친구가 왔으며, 일본에서 스페인에서 왔으며, 아버지의 예전 부인과 어머니의 현 남편이 함께 참석하여 축하하고 기뻐할 줄 아는 날이자 장소였다. 속도 없고 배알도 없어 보이지만 졸업하는 아들과 딸이 한때는 내 아들이었고 지금은 내 딸이기 때문에 축하한다는 것이다. 그들의 오지랖이 부러웠다. 작은 일에 마음이 상하고 심정이 뒤틀려 가야 할 곳도 가지 않으려고 핑계를 찾곤 하던 나를 깊이 반성하면서 앞으로는 모임에 적극 참석할 것을 다짐해 본다.

보스턴의 아침은 참 조용하다. 이름 모를 새소리에 깨어나 보니 이른 아침이다. 골목을 따라 산책하다 보면 이팝나무가 하얗게 웃음꽃을 짓고, 시립도서관 양편에 서 있는 푸른색의 큰 버드나무와 옅은 보라색 잎을 가진 거목이 나와 아내를 반긴다. 잔디 마당 곳곳에 놓여 있는 스프링쿨러는 온 힘을 다하여 빙빙 돌고 산책로 따라 피어난 꽃들은 새 아침을 반긴다.

깨끗하고 상큼함에 빠져 골목길을 이리 저리 걷노라면 마당에 하얀 장미나 분홍 장미가 피어 있다. 수국처럼 보이는 꽃과 금풀 그리고 작약이 정원에 있고 하얀색깔이 돋보인 미국식 주택이 길 따라 늘어서 있는 것을 쉽게 볼 수 있다. 고요한 골목이다. 주변을 배려할 줄 아는 사람이 사는 타운 같아 주인의 얼굴이 기대되어 눈여겨 살펴보니 부드럽고 조용한 웃음 어린 움직임만 느낄 수 있게 한다.

보스턴은 17세기 영국의 청교도가 미국에 첫발을 내디뎠던 플로빈스타운과 비교적 가까운 동북부에 있다. 필그림 파더스(pilgrim fathers)의 흔적을 보고자 매사추세츠 주 위쪽에 있는 케이프코드로 차를 몰았다. 바닷가 따라 해안도로를 달리니 모래 언덕에 있는 타운이 플로빈스타운이라 한다. 우리나라 시골의 면소재지 규모이다. 모래 언덕 사이로 자란 풀 무더기는 거친 비바람으로 마냥 파랗지만은 않다. 좀 더 나아가 위치한 바닷가에는 해수욕객이 듬성

듬성 보인다. 긴 해안선의 광활함은 가슴을 확 트이게 하며, 하늘과 바다의 조화는 모래벌판을 잠시 잊고 희망의 나래를 펼칠 수 있게 한다.

희망을 품고 영국을 출발한 필그림 파더스는 파란 바닷가에 놀라고 벌판의 모래에 놀랐을 것 같다. 마을과 어우러져 솟은 높은 탑이 그날의 그들을 기념하는 탑이란다. 치장도 없고 권역도 없이 그렇게 마을에 서 있다. 필그림 파더스도 춥고 삭막한 모래를 더는 이기지 못하고 더 내륙인 매사추세츠로 들어가 정착을 하였다 한다. 당시의 고통스러웠던 삶이 영상처럼 내 눈앞을 지나간다. 그들과 그들의 후손이 보다 나은 삶을 위해 인내하며 성실했던 성과가 오늘의 번영이며, 청빈한 가운데 근면·정직함으로써 세운 프로테스탄트 정신이 미국의 정신임을 다시 생각나게 한다.

돌아 나오는 길에 뉴포트에서 햇살을 받아 반짝이고 있는 수많은 요트를 보았다. 선착장에는 방금 도착한 듯 아직 시동이 켜져 있는 뉴욕 시민의 요트가 있고, 출항하려는 '스피드보트(speedboat)'가 닻을 올리고 있다. 미국인의 견고한 부를 보고 있는 듯하다. 바다를 건너는 석양의 다리와 소공원을 배경으로 찍은 역광의 우리 사진은 촌티 나는 부부의 형체만을 보여줄 뿐 좀처럼 이곳 부자들의 모습을 화면에 담아 주질 않는다.

버펄로에 살고 있는 질녀를 만나보고자 주간고속도로를 탔다. 주변의 산과 들을 감싸면서 조화를 이루고 있는 잘 닦여진 고속도로에 한동안 놀랐으나 곧 눈에 익혀지자, 그 길이 그 길이고 그 도로가 그 도로로 보이기 시작했다. 7시간을 달려야 버펄로에 도착한다니 맥도널드와 걸프가 로고처럼 똑같이 붙어 있는 휴게소에 들르는 것도 기분 전환에 별로 신통치 않았다. 모든 휴게소가 기계로 찍어 낸 듯 같은 구조이고 같은 스펙의 건물에서 같은 상품을 취급하다니 미국인은 멋도 모르나 보다. 다양성을 생명처럼 추구한 미국에서 고속도로 휴게소의 획일성을 각인 받으니 어안이 벙벙하였다.

전화를 몇 번이나 받고 가는 길을 확인하며 갔지만 해가 지고 저녁이 되어서야 버펄로에 도착할 수 있었다. 조카 내외가 나이아가라 폭포의 야간 관광이 아름답다며 밤나들이를 권유하기에 그 밤에 폭포를 찾았다. 미국 쪽에서 흘러온 폭포 좌우에 붉은색과 푸른색의 조명시설이 설치되어 있으나 어둠 속의 폭포는 자태를 다 내보이지 않은 채 요란한 소리만 쿵쿵거리며 흐른다. 강 건너 캐나다 쪽으로 보이는 야경 빛은 그런대로 아름다웠다. 시간 없는 저녁 관광객을 위한 관광당국의 배려인가 싶다.

다음날 파란 비닐 옷을 입고 폭포 양안을 둘러보기 위하여 배를 타지 않았더라면 나이아가라의 경이로움과 물보라의 아름다움을 볼 수 없었을 것이다. 야경만 보고 나이아가라를 말했다면 정말로 가보았느냐는 질문을 받을 뻔하였다. 낮에 가보기를 잘했고 배를 타 보는 것은 정말 잘했다. 쏟아져 내려오는 폭포에 머리 둘 곳을 찾느라 헤매이던 나를 발견한 것은 한참 후이니 말이다.

그 다음날 이리(Erie) 호 주변으로 나들이를 갔다. 호수 건너가 캐나다 온타리오 주라는 것을 알았고, 돌아오는 길에 버펄로 대학(University of Buffalo)을 방문했다. 버펄로 항구에는 관광객을 위해 쉬고 있는 2차 대전의 전함과 전투기가 있었다. 가까이에 가서보니 비행기 및 전함의 격추실적을 기록한 표찰을 견장처럼 달고 있다.

조카 내외의 배려와 안내에 감사한다. 조카가 브라운대학에 다닐 때 돌보았던 문리대 동문 남자 친구가 이제는 남편이 되어 아들딸 낳고 잘 산단다. 처음에는 조카의 도움이 컸다지만 지금은 오히려 조카가 도움을 받고 있다고 한다. 이곳 버펄로 뉴욕대학에 함께 자리를 잡게 된 것도 조카서가 초빙될 때 제시한 옵션이라니 둘 사이의 밀고 당김이 천생연분인가 보다. 부부는 잘 사는 것도 중요하지만 서로에게 도움을 주면서 자기 성장을 이루어 나갈 때 더욱 가치 있어 보인다. 우리 사촌 형님이 왠지 부럽다. 자유로움 속에서 아이들을 키우셨고 확실하게 인정해 준 넓은 마음이 맺은 결실이리라.

주일 예배를 드리기 위해 조카 가족과 함께 미국인 교회(the chapel of crosspoint)를 갔다. 조카는 9시 예배가 끝나면 한인학교에 가서 설교통역을 한단다. 아이들은 아이들 룸으로 우리 부부는 본당으로 들어갔다. 미국 도시가 그러하듯 한낮에도 사람 보기가 무척 어렵던데 도심 외각의 교회에 이렇게 많은 사람이 아침 예배를 드리기 위해 모이다니 미국에 대한 평소의 나의 생각을 뛰어넘었다. 이 많은 사람이 누구 손에 이끌려 이 이른 아침에 나왔을까 신기하고 이상스러웠다.

목사의 옷차림 또한 이상하다. 신사복에 넥타이가 아니라 청바지에 노타이 차림이다. 게다가 연단이 별도 설치되어 있는 것도 아니고 단상 전면에 간편한 의자와 마이크가 모두 다. 그 옆에 있는 성가대는 다섯 명의 보컬그룹으로 구성되었을 뿐이다.

말씀도 이스라엘의 역사가 아니라 성경의 의미를 말씀하고 실천하라는 것이다. 목사님은 형식이나 권위에서 하나님을 찾지 않고 오직 하나님의 말씀을 성도에게 진실하게 전하고 싶어 한다. 성령의 말씀에 순종하라는 설교에 화답하고자 이기적인 미국인이 그렇게도 많이 왔나 싶다. 이제야 많이 모인 그들의 마음을 알 것도 같다. 나 또한 나의 신앙생활을 돌아본다.

떠남의 아쉬움을 버펄로에 남기고 보스턴에서 이삼 일 더 머물면서 선물 몇 점을 아울렛에서 사들고, 유월 첫 삼 일 서울에 돌아왔다. 우리 부부가 서울에 없어도 아들 손자 그리고 며느리가 건강하게 잘 있는 것을 보니 나들이를 자주 해도 될 것 같다.

(『아름다운 이름을 위하여』, 남서울교회 문집, 2012년 12월)

자카란다가 피는 호주

뉴질랜드 퀸스타운을 출발한 제트스타(JQ224)는 한 시간 반만(시차포함 3시간 반)에 시드니에 도착했다. 도착 날 오후 7시에 시드니 심포니 오케스트라 공연이 있다는 소식을 듣고 오페라하우스 2층에서 스탠더드석을 매표하고 나니 호주여행은 거의 마무리한 듯싶다. 숙소 옆 레드펀에서 전철을 타고 오페라하우스가 있는 서큘러키에서 내렸다.

공연 내용은 1부 전반부는 교향악단 단독으로 시벨리우스의 King Christian ll 5곡 중 야상곡과 세레나데를 연주하고, 후반부는 바이올린 협주곡(Op 47)을 여성 바이올린 주자와 협연하였으며, 휴식 후 2부는 말러의 심포니 1번이 연주되었다. 청중의 진지함에 나도 숨을 죽여 가면서 연주를 듣고 기억에 남을 추억을 간직한다. 시드니 심포니의 음률은 맑고 청아하며 야상곡이나 소야곡에서는 꿈꾸는 듯한 기다림과 교교함을 동반한 음률의 연속이다. 지휘 능력이 일사분란함에 있는 것인지 음향 시설이 탁월한 것인지, 맑고 깨끗한 음질만으로 연주됨을 들을 때 지휘자와 악단의 하모니와 높은 일체감이 빼어나 매우 흡족한 시드니의 밤에 감사한다. 관객도 우리만 여행 복장이지 정장 차림의 어르신과 귀부인이 많았다.

시드니에 숙소를 잡고 첫 날은 블루마운틴을, 둘째 날은 본다이 비치와 갭 파크를 찾았다. 블루마운틴은 해발 1,190미터 높이에 11만 평방미터의 광활한 큰 산등성이인데, 시닉월드에서 제미슨 협곡을 운행하는 스카이웨이나 열차를 이용하여 자연을 보거나 풍광을 만끽하는 방법이 최상이라 한다. 햇빛이 산 전체를 감쌀 때 푸른 빛을 발산한다는 블루마운틴의 모습은 쉽게 볼 수 없는 신비로움의 극치이고, 숲길 따라 만들어진 산책로를 걷다 보면 광부가 생활하던 오두막이 나오고, 세자매봉이 눈에 보인다. 코알라가 좋아하는 유칼립투스가 곳곳에 아름드리 자라고 기암절벽이 병풍처럼 우리를 감싼다.

갭파크는 남미 프랑스령 기아나 형무소를 탈출한 종신수의 실화를 바탕으로 제작한 영화 〈빠삐용〉을 촬영하던 장소인데, 푸른 파도가 있고 가파른 단애가 있는 바닷가다. 시드니에 가까운 근교이자 성공한 영화의 한 장면을 찍었던 곳으로 영화 속에서 나를 감동시켜 주었던 잊지 못할 파도치는 바닷가다. 자유의 몸이 되고자 하는 빠삐용의 실의와 무기력을 그려 낸 언덕과, 탈출의 희망을 갖게 한 너울거리는 파도가 공존하는 갭파크를 보고 나니, 현실과 영상이 오버랩되어 내가 주인공 같아진다. 남미의 현지를 시드니에서 촬영하겠다는 발상 또한 창의적이다. 관객은 프랑스 식민지(기아나)의 형무소로 생각할 터인데, 엉뚱하게 시드니라니 예술은 창조적 발상을 먹고 크나 보다.

호주의 대표적 휴양지 본다이 비치를 본다. 넓음과 광활함에 매료되어 오는 사람들, 파도가 일으키는 포말 속에 뛰어든 인파와 건강하게 노출된 피부가 연출하는 젊음의 향연에 나는 시선을 빼앗긴 채 즐거워한다. 비치는 모두를 들뜨게 하고 열광하게 만드는 무대이자 지휘자임을 새삼 알게 되었다.

오늘은 시드니 셋째 날이고 11월 첫날이다. 지난 밤 양고기와 소고기를 맛있게 먹고 좋은 포도주를 마셔서 그런지 기상이 편하고 일어난 시각도 빠르다. 숙소를 나와 골목을 따라 가니 공터에 커다란 나무가 있고 가지에는 보랏빛 초롱꽃을 매단 만개한 꽃무리가 지천이다. 어제 지나가던 청년이 알려 주었던 자카란다(Jacaranda) 그 꽃이다. 풍성한 꽃모습이 4월의 우리 벚꽃을 닮았다. 관심을 가지게 되니 시내 여기저기에 피었고 빅토리파크에도 보인다. 공원을 산책하면서 꽃무리를 보고 꽃잎을 만져본다. 탐스럽고 이국적인 풍성한 꽃이다.

공원과 경계를 함께 점유한 여러 동의 건물이 시드니 대학임을 벽면글자를 보고 들어갔다. 아침부터 잔디를 깎고 있는 인부가 근면해 보이고 수업 전에 작업을 지시한 대학의 교육철학이 현명해 보인다. 공공정원(common park)을 갖춘 교정을 한 바퀴 돌아보다 'Think More, Feel More'라는 슬로건을 학부 건물에서 읽고 의미를 새기며 슬며시 공감한다. 대학 발전 비전 기간(1850~2150) 중 추진하는 사업이 금년은 잔디밭 부지를 사용하여 건물을 짓는 것인지 "여러분께 유익한 시설을 만들어 드리겠습니다"라는 알림 문구가 잔디밭에 있어 인상 깊었다. 고객 만족 행정을 보는 듯싶어 뿌듯하다. 대학의 알림 문구와 슬로건을 인도와 차도를 돌면서 생각하니 삶의 기준이 우리 사회와 다름을 느낀다. 여행은 현재의 가치를 생각하고 변화를 도출하게 하는 안내자이자 사고를 변화시키는 조언자인가 싶다.

호주의 건축물은 영국식이 많다. 다링하버에 있는 보행교의 상판이 그렇다, 교각 자재를 목재와 철재를 사용하여 친환경적이고 실용적으로 마쳐 더욱 그렇게 보였다. 시드니에 있는 대성당과 뮤지엄이 우아한 유럽풍이고 브리즈번에 있던 개신교 웨슬리감리교가 영국다웠다.

NSW의 주도 시드니를 떠나 퀸즐랜드의 주도 브리즈번까지는 대략 일천 킬로미터다. 시드니를 출발하여 하루 삼백여 킬로미터씩 북상하다 다다른 넬슨베이, 코프스하버에서 각 1박을, 골드코스트에서 2박을 계획하고 동쪽 해안선을 따라 북상한다. 넬슨베이를 가는 도중 뉴캐슬 부근에 있는 헌터밸리 와이너리를 찾아 시음하고, 향긋하고 달콤한 와인을 구매하여 예약된 숙소에 왔다.

자카란다의 연보라가 모퉁이를 장식하고 잔디가 마당을 파랗게 채우자 길 건너 호수가 찾아와 숙소인 마린리조트를 아늑하고 쉬고 싶은 공간으로 연출해 낸다. 한가하게 창턱에 앉아 손발톱을 손질하고 약을 바른다. 이놈의 무좀은 나와 살려고만 하지 떠날 줄을 모른다. 왠지 이번 여행에선 깨끗한 공기와 해풍에 날아갈 것 같다. 바라며 그리 되길 빈다.

넬슨베이는 수심이 거의 지평선으로 보이는 바닷가다. 수상스키나 파도타기에 좋은 바닷가로 알고 찾아 왔더니, 고래의 출몰을 볼 수 있는 곳이 있고 끝없이 펼쳐진 사구가 있다. 낙타 투어가 가능하고 모래를 달리는 드라이브카가 운행된다 한다. 젊은이 늙은이가 함께 서핑보드를 들고 달리는 모습이 참 건강한 해변이고 바다다. 호주의 동쪽 바닷가에 웬 사구가 이렇게 발달해있는지 이해하기 어렵다. 지질 현상이지만 세상 따라 자연도 이변을 연출하고 특정 지역에 큰 복을 주시나 보다.

코프스하버의 모터인을 떠나 바이론 베이를 찾는 것도 쉽지 않지만, 등대(cape Byron light house)를 찾아가는 산길은 외길을 따라 오르는 사람과 내리는 사람을 피하는 곡예운전으로 도로는 항상 정체 상태다. 곶에 솟아 있는 하얀 등대도 명소가 되었지만 곶에서 보는 해안 절벽도 절경이다. 단애를 휘감고 나는 갈매기도 물고기를 잡느라 여념이 없고, 눈에 보이는 넓은 백사장에는 보드를 들고 뛰는 서핑족과 수많은 관광 인파의 조화도 평화롭다. 일요일을 자유롭게 즐기는 11월의 초여름에 피서객인지 관광객인지 모두의 얼굴에 웃음기가 번진 듯싶다.

바닷물과 바위가 만드는 하얀 포말을 잡으려는 듯 비상하는 갈매기와 헤엄치는 물고기를 촬영하려는 드론 작가와 그를 도우려는 여인의 소리만이 정적을 가를 뿐, 단애를 따라 펼쳐진 해안선은 우리와 함께 어우러져 하나의 자연을 이루고 풍광은 나와 함께 세상의 아름다움을 즐긴다.

골드코스트에서 불교 이름의 만트라(mantra tower) 호텔에 짐을 푼다. 해안선을 따라 늘어선 고층 빌딩과 빌딩을 따라가는 모래사장의 조화는 파란 하늘 아래 멋스럽다. 맨발로 걷는 여인의 신발을 들고 따르는 남자는 갈매기처럼 여유롭고 한가롭다. 무비월드에서 3D 영화를 보고 시월드에서 돌고래 쇼, 투어열차, 모터바이클 쇼 등등 시대 상혼이 만들어 낸 엔터테인먼트를 즐기며, 동심으로 돌아가 하루를 무심하게 보냈다. 여행도 앞으로 2박이면 끝이 난다. 집이 무엇인지 단조로운 서울 생활도 지금은 생각나고 가고 싶어 손가락을 세어 본다.

오늘은 브리즈번 가는 길에 1927년에 설립된 코알라보호소를 들렀다. 유칼립투스 잎을 먹고 사는 코알라는 하루 중 20시간을 나무에서 자거나 쉬고 잔여 시간은 계속 먹는다 한다. 팔자치고는 상팔자다. 우리를 맞이하는 시간 역시 나뭇가지에 앉아 고개를 박고 엉덩이를 내비치는 놈이 대부분이다. 도통 손님을 맞을 줄 모르는 놈이다. 모피 생산을 목적으로 마구잡이 하던 지난날의 결과로 희귀하게 된 지금은 보호동물이 되었다지만 본질이 온순하고 털이 복슬거려 나도 친근감을 느끼게 하는 귀여운 동물이다.

보호소에는 양도 늑대도 크로커다일도 캥거루와 함께 산다. 캥거루 하면 호주를 대표하는 동물이라 흔할 줄 알았는데, 야생은 물론이고 동물원 등에서도 보기 쉽지 않다. (뉴질랜드의 국조 키위새를 보고자 사육장을 찾아갔지만 영상으로 보는 것에 만족해야 했다. 날아 살아야 할 새가 천적이 없고 먹이가 땅에 풍성해 날개가 퇴화됨.) 전천후(全天候)를 대비하고 노력해야만 종족을 번식하고 생존을 보존한다는 냉엄한 자연 법칙은 인간의 삶에도 항상 있어 왔지 않았던가.

브리즈번은 1824년까지 탈옥수를 수용했던 감옥이었다. 보타닉 가든(공원)에는 도열한 메타세콰이어가 찾아오는 관광객을 환영해 주었으며 브리즈번강을 따라 둘레길이 조성되어 있고, 스토리 교를 시작으로 많은 다리가 강 양안을 이어 주어 시민의 통행을 돕는다. 숙소인 워터마크 호텔에서 시청이 있는 킹조지 광장을 가려면 빅토리아 파크를 통과하는 것이 지름길이라 여러 번 이용했다.

도심에 있는 시청과 뮤지엄은 같은 건물인데 시가지를 조망할 수 있는 시계탑에 오를 수 있고 엘리베이터(안내인 포함 정원 8명)를 이용하고자 하는 관광객을 위해 시간 맞추어 운행한다. 시계탑 옥상부에 있는 전망창은 광장에 있는 1901년 건축된 적벽돌의 웨슬리감리교를 완벽하게 보여 주고 도심의 고층빌딩을 원근으로 여행객에게 자랑한다.

브리즈번을 끝으로 여행을 끝내려 하니 아쉽기도 하고 시원하기도 하다. 그간 양고기 소고기 그린홍합을 안주 삼아 포도주도 자주 했지만 그래도 호주를 떠나는 오늘 밤을 기념하고자 한식당 '마루'를 찾았다. 오늘은 한국의 야채도 주문해야 하고 산나물도 메뉴라 한다. 지난밤에 봉사해 주던 지배인의 비번으로, 기대했던 대우를 받지 못해 조금은 아쉬웠으나 우리 음식을 맛있게 먹었다.

한국식당도 그렇지만 호주에는 한국인 관광객 만큼이나 체류하는 우리나라 사람이 많이 보인다. 다운타운에서 영어책을 끼고 안내해 주던 우리 또래 아주머니, 유모차를 끌고 시드니 시가지를 누비던 두 명의 젊은 여성, 오페라하우스에서 매표소를 알려 주던 40대가 이곳에 살고 있고, 많은 학생이 호주에서 공부한다니 호주란 국가와 도시 환경이 나에게도 낯설지 않았다. 나의 인척이 살고 있고 친분 있던 사람의 아들이 이 땅을 찾았던 참뜻을 알 것 같다. 이민을 결행한 이들의 뜻이 성공으로 이루어지길 기도한다.

(2017년 11월)

지리산 종주

    내년이 집 나이 70세, 우리는 금년 나이를 망70이라 한다. 나이로 권위를 내세우자는 의도는 아니고 늙어감에 대한 아쉬움을 나타내는 표현이라 하겠다. 젊은 시절부터 지난 2007년 이전까지 같은 직장을 다녔던 우리 일행이 지리산 종주를 해 보겠다고 지난 밤 용산역을 출발하여 오늘 새벽(3시 20분) 순천시 구례구에 도착했다. 수면 상태가 산행에 지장을 초래할 수도 있다 싶어 평소하던 대화도 삼가하고 먹고 마시는 즐거움도 자제한 채 눈을 지그시 감고 수면을 유도했건만 눈꺼풀은 여느 때같이 내려가지를 않는다.

    성삼재까지 버스를 탈까 하다가, 그래도 출발은 서두르는 것이 일정 조정에 좋겠다는 일행의 말을 따라 택시를 탔다. 지리산에 대한 정보를 재치 있게 설명하는 나이 지긋한 기사님의 입담을 들으면서 대답도 하고 질문도 하다 보니 성삼재 주차장에 도착한 시각이 새벽 4시가 못 되어서다.

랜턴을 머리에 켜고 스틱을 쥔 채 해발 1,000여 미터 고지의 서늘한 6월 밤공기를 들이고 내쉬면서 노고단 들머리를 향해 나아간다. 앞쪽에서 들려오는 또 다른 집단의 도란거리는 소리와 뒤따라오는 걸음을 알리는 불빛을 슬쩍 슬쩍 느끼면서 새벽길을 걷노라니 태고의 정적도 우리에 의해 차츰 잠을 깨고 세상으로 나온다. 노고단에 가까이 다가갈수록 하늘은 열리고 숲은 가지를 들어 올리면서 우리들의 입산을 반긴다.

지리산 종주의 시작점인 노고단 게이트를 나서자 인간 발자국에 의해 길들여진 오솔길이 우리 걸음에 맞게 뻗어 있고 흙길은 바위와 벼랑을 피해서 돌아간다. 산길은 신선하여 걷기가 수월하고 차갑게 불어오는 바람이 오감을 깨운다. 들려오는 새소리와 풍겨 나는 산내음에 취하여 우리들의 발걸음은 가볍고 또한 경쾌하다.

더 일찍 왔더라면 진달래, 얼레지, 벚꽃, 철쭉 등 5월의 봄꽃을 만끽할 수 있는 기회를 놓쳤음을 아쉬워하면서 아침 길을 휘휘 감고 노루목 삼거리를 지나 임걸령 샘터까지 걷는다. 샘터 앞 너럭바위에 짐을 풀고 장도를 기원하는 아내가 만들어 준 음식물을 각자 펼쳐 놓고 맛보라고 권하면서 탁월한 산행을 계획했노라 자화자찬한다. 들고 온 음식을 서로 칭찬하고 난 후 아침을 들었다.

임걸령을 떠나 화개재까지는 재작년 가을 반야봉을 등정할 때 걸어 본 기억이 몸에 체화되어 있어 낯설지 않는 길을 걷는다. 넓은 조망 공간이 기억나고 산길의 푸른 초목이 반긴다. 연하천, 벽소령

길은 비축된 힘이 있어 산행이 순조롭고 동료 간의 대화 내용도 풍성하고 즐거웠다. 직장의 희로애락을 맛나게 말할 줄 아는 조 회장과 추임새를 곧잘 넣어 이야기를 끌고 나가는 정 회장 모두가 대화꾼이자 소통의 귀재다.

젊은 시절 연하천 산장에 텐트를 치고 하룻밤을 지낸 옛 추억을 생각하고 산장 공터에 자리를 잡는다. 가져온 식빵과 게맛살을 먹고 매실즙을 탄 음료수를 들이키면서 점심을 끝냈다. 세월이 오래 지나 산장은 옛 모습이 아니고 추억 또한 아물거린다. 넓은 공터에 깔려 있는 야자수 매트가 퍽이나 생소하고 인상적이다. 조용한 산장에 놓인 탁자와 나무의자가 여기저기 놓여 있는 쉼터에서 지금까지의 경로를 더듬고 남아 있는 여정과 시간을 살피며 선택한다.

오늘 가야 할 세석산장이 아직도 9.9킬로미터 전방에 있다. 벽소령까지 오는 데도 만만치 않았는데 꼭두새벽부터 움직여 소모한 체력을 보충하고자 몸은 물을 원하고 달고 신선한 과일과 사탕을 찾는다. 산행 부담을 줄이고자 축소했던 배낭은 가벼워졌으나 체력은 벽소령을 지나고서부터 보폭이 짧아지고 건각의 피스톤 활동은 더뎌진다.

산자락을 감고 돌면서 등성이를 꾸준하게 올랐건만 목적지 세석산장은 산자락을 따라 다시 내려가라 한다. 다시 이어진 새 오름으로 산길을 오르락내리락 하면서 가는 세석 길은 돌괴 바위가 많고 고개 아니면 벼랑으로 이어진 지루하고 기나긴 길이다.

어느 정도 걸어 왔건만 또 산허리를 돌아 올라가야 하는 세석길을 쳐다보면 울고 싶은 심정이다. 집은 가야 하고 세석산장에서 잠은 자야 하니 어쩔 수 없지 않는가. 무거운 다리를 떼면서 통증을 참으면서 다리를 끌고라도 길을 재촉한다. 여섯 시가 지나서야 세석산장이 눈에 보이고 잠자리를 확보했다는 안도의 숨을 내쉬었다. 심장 박동을 추스르고 달려가 잠자리를 확보한 시각이 마감시간을 지난 여섯 시 반이다.

할 수 있음을 믿고 힘들어 하면서 하루를 움직인 결과가 도착지인 산장 숙박이다. 큰 것은 아니지만 계획대로 산행을 마친 것이 고맙다. 잠깐의 성취에 피곤도 다리 저림도 지나간다. 손발을 차가운 물에 씻고 얼굴과 몸을 물티슈로 닦아낸 후 허기짐을 해결하고자 마당 앞 간이 탁자에서 음식을 먹고 반주를 들면서 이번 산행을 반추해 본다. 계곡 사이사이 핀 산목련을 생각하고 절벽 너머로 이어진 산과 산자락이 연출한 대자연을 이야기 하면서 우리는 떠들썩한 초저녁을 보낸다.

산장의 저녁은 부스럭거리는 소리로 시작하여 코고는 소리가 밤을 장악하더니 어둠이 열리기도 전에 소란스럽다. 천왕봉 해돋이를 보겠다는 욕심이 욕심 많은 그들을 깨우고 일으켰을 것이다. 느지막하게 자고 일어났어도 아침 6시다. 배낭을 메고 장터목을 향한다. 세석에서의 잠이 소란스러움 속에서도 눈을 감았는지 발걸음이 제법 가볍다. 능선 갈림길에서 보이는 먼 산을 뒤로 하고 형제봉을 돌아 나아간다. 하산하는 등산객을 보고 오늘의 일출을 묻자 'not bad'라 한다. 날씨가 맑았는데도 천왕봉은 선명한 일출을 마음 껏 내어 주지 않았나 보다. 모든 사람이 오랜 기간 적선할 수 없었 을 터이고 천왕봉도 그간의 형평의 원칙을 지켜야 하니 오늘 다 보 여 주기가 쉽지 않았나 보다.

살아서 백년 죽어서 천년을 산다는 제석봉의 구상나무 그루터기 는 황량하다. 어린 나무가 자라고 있지만 벌목과 방화를 생각하면 항상 사람의 욕심과 불화가 문제다. 세월이 지나야 아픔이 치유될 성 싶다. 그날이 빨리 찾아오면 지리산도 헐벗지 않아 좋겠다.

통천문을 열고 들어가니 선계에 들어온 느낌이다. 지금의 나는 성삼재의 내가 아니고 무언가를 신령스럽게 해낼 수 있는 나인 듯 싶어 스스로 대견스럽다. 천왕봉에서 내려다보는 겹겹의 산맥과 원근의 봉우리를 감탄하고 경악하면서 정상석을 배경으로 인증 촬 영을 한다. 천왕봉 정상석 뒷면에 쓰여진 한국인의 기상도 세월이 지나고 나니 지난 날 특정 지역만의 발상지라는 지역 욕심도 눈비 에 지워지고 비바람에 풍화되어 이제서야 지리산이 대한민국으로 통일되었다 싶다.

천왕봉을 발아래 놓고 겹겹의 산맥과 원근의 봉우리를 보니 다 시 또 오면 좋겠다 싶다. 인간의 욕심은 끝을 모르나 보다. 이번 종 주가 마지막이라 생각하고 출발한 지가 어제인데 오늘 또 소망을 남기는 구나. 나의 욕심을 내려놓아야만 주변의 욕심을 볼 수 있고 바른 것을 말할 수 있다는 사실을 알고 있는데도 이루지 못할 일을 바라고 원하는 것이 욕심이라면 이젠 버리자.

(2016년 6월)

중국, 우루무치와 은천을 다녀와서

이전에도 해외시장개척단, 투자사절단 등의 이름으로 두세 차례 외국에 나가 시장 개척을 해 본 경험은 있었으나, 이번 여행은 중국의 서역(西域)을 체험할 수 있다는 기대감에 조금은 들뜬 마음이었다. 만기가 임박한 여권을 갱신하느라 분주한 일주일을 보내고 나서야 7박 8일(06년 6.10-16)의 수입협회 중국 구매사절단에 합류할 수 있었다.

사절단은 억수로 쏟아지는 빗속을 뚫고 인천공항에서 대한항공으로 6시간을 비행하여 신장 위구르 자치구의 주도 우루무치에 현지 시각 24시 50분에 도착하였다. 도착한 시각은 대부분의 서울시민들이 깊은 잠에 빠진 밤중이지만 이곳은 초저녁 같은 밤이다. 한국과 우루무치의 시차가 고작 1시간임을 감안할 때 이해가 되지 않았지만 북경의 중앙정부가 중국을 하나의 표준시간으로 통일한 결과라 한다. 북경에서 서쪽으로 멀리 떨어진 이곳은 표준시각과 활동시간이 너무 달라 내가 보기에 새벽에 자고 정오에 일어나는(한국의 시간관념) 사회같아 보였다.

중국에 도착하여 첫 여정을 푼 곳은 은도주점(銀都酒店)이라는 호텔이다. 본관 3층과 부속 건물 4층이 같은 높이로 연결되어 있어 로비나 레스토랑을 찾는데 이쪽 저쪽 층수가 많이 헷갈린 적이 있었다. 중국인의 느긋함과 무덤덤함을 차이가 나는 층의 높낮이에서 보는 듯하다.

호텔에서 이른 조반을 마치고 출발한 지 반시간여 만에 차창에 펼쳐진 만년설이 보이는데, 산 이름이 천산이라 한다. 중국인의 심향(心鄕)이기도 한 천산의 만년설과 끝없이 펼쳐진 초원, 그리고 타클라마칸 사막의 조화는 우리를 동화 속으로 빠지게 하는 요술을 부린다. 처음 방문한 곳은 지표가 해저에 버금가는 투루판(吐魯番)이다. 세계에서 가장 낮은 곳에 위치한 오아시스의 도시라 한다. 투루판은 천산(天山) 남북을 잇는 교통의 요충지이자 실크로드 북쪽의 중간 기착지로서 우루무치를 지나 중앙아시아를 통과하는 분기점이다.

흙먼지 날리는 회색의 도심에는 푸른색이라고는 포도나무, 느티나무 등이 겨우 있어 타클라마칸 사막에서 불어오는 자갈과 모래바람을 어설프게나마 막아 준다. 가로수는 증발하는 수분을 이기지 못해 푸르름을 자랑하기보다는 죽지 못해 사는 힘겨운 모습이다. 햇볕은 분명 생물에게 유익한 것이나 지나치면 이로울 수 없을 것이다.

도시는 바람과 수분을 얻을 수 있는 방법을 어찌하지 못하여 계속 더워가고 있다. 투루판은 손오공이 삼장법사를 모시고 인도를 방문하던 길목의 화염산(火焰山)이 있는 지역으로 수은주의 높낮이 차가 60℃를 기록한다니 사람이 생활하기가 용이하지 않는 땅이지만 최근에는 매장된 천연자원과 원유 시추로 지역경제가 태동하고 있어 사람의 유입이 크다 한다. 이곳 분지는 태초부터 물이 부족한 곳이라 오아시스를 중심으로 실크로드 무역 상인이 물을 얻기 위해 드나들던 곳이다. 몇십 킬로미터 밖에 고여 있는 천산의 빙하수를 이용하고자 지하 통로를 만들고, 이를 따라 투루판까지 물을 흐르게 하는 갱도 카레즈는 강수량이 적은 지역의 관개 시스템으로 물의 증발을 최대한 막아보자는 옛 사람들의 지혜로 이 수로를 천공했던 사람들의 고난을 함께 보고 안쓰러움을 느낀다.

오아시스는 실크로드를 오가는 대상(隊商)에게는 하나밖에 없는 쉼터이자 생명터이고 교역 장소였다. 그래서 이 지역을 장악했던 고대 왕정은 노루목을 지키는 것만으로도 필요로 하는 재정 수입을 확보할 수 있었을 것이다. 오늘도 농산물을 거래하는 위구르 인의 능란한 말재간에 속아 넘어간 일행도 있었다. 그들 조상이 실크로드를 오가는 동서양의 대상과 중앙아시아의 유목민을 상대로 수백 년 간 부렸던 기교를 본 대가로 많은 금액을 나도 호구인 양 지불했지만, 나아지지 않는 그들의 생활을 보니 또한 씁쓸하였다.

사절단 중 원로 CEO는 교역이란 사는 자와 파는 자가 가격 조건과 거래 조건에 모두 만족할 때 시작되고 지속될 수 있다면서, 좋은 교역조건은 철저하게 조사하고 현장을 확인하는 사람만이 얻을 수 있다는 진리를 보여 주시고 실천하였다. 원로 CEO는 교역서비스를 주도하는 전문가답게 교역 현장을 내방한 기업인과의 면담 결과를 통해 확보한 가격과 조건을 검토하고, 현지 사업장을 방문하여 기업능력을 확인하는 치밀함을 보여 주셨다.

인천을 출발할 때만 해도 확보된 거래 선을 점검하는 정도의 활동일 것이라 생각하였지만 상담의 진지함과 현장을 확인함을 보면서 원로가 포함된 사절단의 일원이 되는 것으로도 배움이 되며, 비법이 무언중에 전수될 것 같은 흥분을 갖게 하였다.

사절단원 중에는 참으로 많은 마일리지를 쌓은 나이 많은 회원이 있다. 단체라는 이름으로 비즈니스 좌석으로 동행하자고 하는 것보다 처음부터 원한다면 좌석 업그레이드를 할 수 있도록 제도 개선이 필요해 보인다. 마일리지를 많이 쌓은 회원은 대부분 60대 이상이므로 이들의 선택과 신체 조건을 고려한 시스템 운영이 필요해 보인다.

KOIMA(한국수입협회)사절단은 다음 상담을 위해 우루무치에서 동으로 2시간 비행거리에 있는 영하(寧夏) 회족 자치구의 은천(銀川)을 방문하고, 그곳에서 또 다시 비행기로 2시간 거리에 있는 북경을 가게 되어 있다. 우루무치에서 이륙한 비행기가 사막을 비행하다 녹색의 들판을 가르고 황토 빛깔의 물길을 지나 다다른 곳이 은천이다. 은천은 황하가 흐르고 있어 물 부족은 그런대로 해결되지만 증발량보다 강수량이 적어 지금까지는 사막과 비슷하다.

가이드에 의하면 은천은 십수 년 전부터 유수지를 메웠고 이제는 필요에 의하여 다시 파고 있다고 한다. 자연의 영역은 인간이 쉽게 범접하기에는 한계가 분명함을 우리도 타산지석(他山之石)으로 깨달아야 할 것 같다. 은천은 황하의 물을 이용하여 구기자, 포도 등을 많이 재배하고, 동양 3국의 선비들이 소유하고 싶어 하던 허란산의 돌로 만든 벼루가 생산되는 곳이다. 또한 건강에 좋다는 발엽(發葉)식물을 자랑한다. 요즘은 확산되고 있는 사막화를 막기 위해 주정부가 사막 채취를 금지하고 있어 옥수수의 갈색 수염에 검정 물을 들인 가짜도 약초로서 유통된다고 현지인은 귀띔해 준다.

서역(西域)이라 불리고 있는 우루무치, 은천은 가방 하나를 들고 5대양 6대주를 넘나드는 사절단원에게도 생소한 땅인가 보다. 사절단원 모두가 처음 방문이라고 말한다. 살고 있는 인구수에 따라 물산(物産)이 이동되고 집산되는 것이 교역의 생리라 할 때, 서역은 분명 유망한 틈새시장으로 보인다. 이번 방문에서 틈새시장 중심의 구매사절단 파견의 필요성과 중요성을 다시 한번 느낀다. 구매사절단의 참가는 궤도에 오른 무역상이건 새로운 시장을 개척하고자 하는 회원이면 일 년에 한두 번쯤은 동행할 필요가 있다. 가방을 들고 이곳저곳을 혼자 가는 것도 좋지만 집단이 되어 활동한다면 혼자서 기획하기 벅찬 새로운 시장을 보고 새로운 아이템을 발굴할 수 있는 이점을 만날 수 있기 때문이다. 또한 여정의 외로움을 함께 할 수 있는 동료의 술잔이 있어 더욱 그렇다.

북경의 상담은 기회가 없는 것처럼 단조로워 보였다. 국제 단위의 교역 역량을 이미 가진 무역인은 구매 선을 점검하고 유대를 강화할 필요가 있는 도시이지만 틈새를 노리고 찾아가기가 용이하지 않은 시장으로 보였기 때문이다.

내가 1998년 방문했던 북경은 거리도 어둡고 사람들은 인민복장을 하였으며 대로변에는 5층 붉은 벽돌 건물로 채워져 있었다. 여타 공산국가와 다를 바 없었는데, 이번 와서 본 북경은 고층건물의 화려함에다 밝은 옷차림의 역동적인 사람들을 보면서 북경사회가 자본 친화적인 사회임을 새삼 느껴 본다.

우리가 알고 있는 10여 년 전 중국이 아니라 자신감 넘치는 공룡 중국이 앞에 있음을 상기하고 이제는 신중하고 능동적으로 중국과 거래관계를 일으켜야 할 시점으로 보았다.

(2006년 『IMPORT 수입 7 . 8』, 협회 상근부회장)

히다 알펜루트 탐방

　일본 여행을 계획하면서 '둘둘회'는 산이나 강이 넓은 들과 어우러져 있는 자연을 여행지로 선택하자는데 의견의 일치를 보았다. 대도시 중심의 문화관광에 길들어진 우리가 높은 산과 탁 트인 들과 강이 만들어 낸 자연의 아름다움과 경이로움을 보면서 경외하는 마음으로 바라보며 감동하고 느끼고 싶어서일 게다.

　준비한 기간이 5-6개월이나 지난 오늘(2018년 10월 22일) 일본 중부지방에 있는 도야마 현과 야마나시 현을 10일 간 자유여행하고자 인천을 출발하여 도야마 공항에 오후에 도착했다. 숙소는 찾아오는 관광객을 받기 위해 도로변 상가를 리모델링하여 만든 B&B 하우스이지만 위아래 층 모두를 사용할 수 있어 편리했고 도야마 시내라서 교통편이 좋았다.

　구로베 협곡(黒部峡谷)은 도야마 현 구로베강 상류에 있는 협곡으로 북 알프스라 불리는 히다 산맥에 속한다. 이 협곡은 일본에서 제일 크고 깊으며, 울창한 원시림과 크고 작은 계곡과 폭포가 있다. 관광객이 도롯코 열차가 다니도록 부설된 터널과 다리를 지나면서 절경을 보고 환호와 탄성을 지르게 되는 궤도 철도관광이다.

협곡의 상류에는 구로베 댐이 있고 일본의 북 알프스라 말하는 다테야마 등 3천 미터 연봉 등을 가로지르는 구로베 알펜루트가 있다. 우나즈키에서 출발한 도롯코 열차는 진홍철교를 따라 협곡을 건너면서 감동을 주더니 호수 위 15미터 높이에 있는 원숭이 전용 잔도가 관광객의 마음을 사로잡는다. 원숭이가 이편에서 건너편 강변 숲으로 이동할 수 있도록 현수교 통로를 만들어 놓다니 일본에 대한 나의 생각이 바뀐다.

창문 없는 오픈형 열차에 몸을 실으니 10월 말의 차가운 외기와 달리는 열차가 일으키는 바람 때문에 피부로 느끼는 쌀쌀함을 숨길 수가 없다. 협곡은 깊고 웅장하지만 안으로 갈수록 옥색의 강물은 줄어들어 강변의 모래나 자갈을 관광객에게 보여 주는데 하얀 돌이 햇볕에 반사되어 더욱 맑고 하얗다. 석회석이 녹아 있는지 강물은 시린 초록빛 물색이다. 강변은 때가 묻지 않는 태초의 모습이고 강둑은 걷기가 힘든 수직으로 산과 이어진다. 가파른 산자락에 울창한 삼나무만이 빽빽하게 있는 자연으로 쉽게 찾아보기 어려운 원시의 모습이다.

열차는 비탈진 계곡을 헐고 암반을 깨어 낸 돌과 흙으로 돋우어 만든 선로를 따라 나아가다가 계곡을 건너는 철교를 달리면서 풍광이 바뀌고 새로운 계곡과 강물의 변화를 보여 준다. 비상시 인부들의 피신을 위해 마련된 대피소가 간혹 벽면에 음각으로 설치되어 있는 것을 보니 안전에 대한 세심한 배려가 눈에 뜨인다.

산세와 풍광만을 놓고 보면 강원도 화천에 위치한 비수구미를 흐르는 강물과 계곡을 따라 북한의 진남댐까지 우리도 관광열차를 보낼 수 있겠구나 하는 희망에 남북관계가 진전되기를 기도한다.

구로베 협곡의 물을 관리하면서 전력을 생산하고자 다시 다이다(出平) 댐, 우나즈키(宇奈月) 댐을 건설하는 과정에서 필요하던 골재 운반열차를 댐 공사가 종료되자 빼어난 주변경관을 시민에게 보여 주기 위해 도롯코 관광열차로 바뀌어 우나즈키, 구로나기, 가네쓰리, 게야키다이라를 달린다 한다. 나는 논스톱으로 협곡의 깊음과 옥색의 물빛을 단풍과 더불어 즐기면서 종착역에 내렸다. 종착역 주변에는 입을 크게 벌린 모양의 암벽이 있고 강변에 노천탕이 있다. 무너져 내릴 것 같은 암벽아래를 걸어 보기도 하고 강변족탕에 발을 담그고 붉은색 노란색 단풍을 보면서 여행의 피로를 풀어 본다.

돌아오는 열차가 가네쓰리(鐘釣)역에 도착할 때 나는 내려서 만년설을 보았다. 이른 아침부터 서둘러서 그랬는지 시장기가 들어 우리일행은 미산장(美山莊)을 찾았다. 손님이 평소 많지 않아 식재료가 부족했는지 적은 분량의 음식을 일곱 그릇에 나누어 주니 모두가 배고픔을 다 채우지 못한 표정이다. 눈치를 보면서 과일도 반찬도 더 주는 사장님을 보니 섭섭함을 토로하는 것보다 흘러내린

명경지수로 배고픔을 달래는 게 좋을 성 싶었다. 도야마 도심에 있던 식당은 찾아오는 손님마저 예약이 끝났다 좌석이 없다는 이유로 손님을 조절하던데 산장의 사장님은 모처럼 찾아온 손님이 그리웠나 보다.

우나즈키 온천의 원천수가 시작된다는 구로나기(黑薙) 온천에서 온천욕을 하고자 구로나기역에서 내렸다. 내려가는 열차 방향으로 오른쪽에 있는 언덕을 올라가 산허리를 돌고 돌아 온천에 도착했다. 남탕은 고객이 없어 우리 세 사람이 전부다. 욕탕은 청결했고 대화가 방해받지 않아 온천욕 하기에 최상의 분위기다. 개울가 건너편 산에서 떨어지는 실 폭포가 한 폭의 동양화이고 계곡물에서 피어오르는 수증기가 풍겨내는 유황이 깊은 계곡의 하늘을 적시고 흔드니 인적 드문 산중에서 목욕하는 내가 자연의 한 부분이 된 듯 싶다. 사람이 너무 없다보니 온천의 채산이 걱정이 된다. 사장은 가업을 숙명으로 알고 채산이 맞지 않더라도 영위하는 사람의 아들이다 싶다.

동경 오테마치역 부근의 양복점 이름이 '누구의 아들'이라 적혀 있고 도야마에 소금가게, 쌀가게가 운영되고 있는 것을 보았다. 슈퍼마켓과의 경쟁에서 지금은 사라진 우리나라의 옛 가게이름이 그립다. 경제대국 일본의 소시민은 일자리 걱정을 하지 않아도 될 성 싶어 부럽고 일본정부가 서민의 일자리를 유지하려 애쓴다는 생각을 한다.

다음날, 도야마 숙소를 떠나 동해와 접해 있는 이시가와 현 가나자와 시를 찾아 일본의 3대 명원 중 하나인 겐로쿠엔을 먼저 보고 나서 부근에 있는 윤봉길 의사 '순국기념비'에 참배하고자 아침 일찍 길을 나섰다. 도로의 교통반사경은 좁은 길에서도 차량의 흐름을 확실하게 잡기 위해 폴을 뒤로 휘어 세웠고 초등학생은 학교를 무리지어 등교하는 모습이 퍽이나 인상적이다.

도심을 벗어나자 펼쳐진 들판에 농가주택이 여기저기 농로를 따라 드문드문 흩어져 있다. 일본은 농지에 집도 짓고 경작도 할 수 있도록 허용하나 싶다. 농지에 주택을 허용하여 경작의 편리와 농촌의 가옥개선을 도모할 수도 있어 긍정적으로 보인다. 집과 농지가 인접해 있다면 농사일을 수월하게 할 수 있고 농민의 시간과 삶도 우리보다 여유가 더 있지 않을까 생각한다.

농촌소득은 단일품종의 집약생산도 필요하지만 거주하면서 가공도 할 수 있는 생산 공간을 허용해 주는 것도 중요하다 싶다. 작물만 키우게 하는 토지이용보다는 여유로운 삶의 공간에서 농산물 관련 산업도 손댈 수 있는 토지이용 방안을 검토했으면 한다. 쌀 중심의 집약생산 못지않게 부가가치를 높이는 생산정책이 필요하고 우리 농촌도 그런 환경으로 개선할 때가 되었다.

일본의 주택은 화려한 색보다는 무채색의 가옥이 많다. 남의 눈에 뜨이는 것을 피하는 마음에서 색상을 그리 선택한다니 사회적인 분위기 때문이리라. 나이 든 어르신의 표정이 밝지 못한 것도,

움츠리는 모습의 몸가짐도, 길을 물으면 찾고자 하는 장소까지 힘써 함께하는 과잉 친절도 눈치 보는 것처럼 아주 낯설다. 황거에 갔을 때에도 안내자는 보이지 않는 선을 긋고 관광객이 넘지 못하도록 눈치를 보낸다. 사진촬영 시에도 해설자보다 건축물에 더 접근하면 손을 들어 지도한다.

수직으로 자라는 것이 나무의 본성이지만 경사면에 있는 나무는 수평에서 출발하여 수직으로 오른다. 환경에 따라 순응해야만 생존할 수 있기 때문일 게다.

매헌(윤봉길) 선생의 순국기념비와 암매장 터를 일본(이시가와현 가나자와시) 땅에서 보고 나니 마음이 한결 편하다. 재일동포의 노고와 관계했던 인사들의 노력에 감사하며 선생의 마음을 위로하고 이어받고 싶은 글을 방명록에 적어 본다.

겐로쿠원(兼六園)은 지방 현의 아늑한 동양정원으로 아름답다. 연못을 파서 넓히고 물이 흐르도록 곡수를 잡았으며, 이전부터 있어 왔던 정자와 조화를 이루고자 영주의 저택을 허물어 재창조한 에도시대의 정원이란다. 많은 거목 속에 전지된 노목도 보였다. 정원수를 보호하는 그물망과 지탱하는 철탑이 특이하다.

21세기미술관의 연못이 보여 준 착시효과는 아름답게 우리를 홀렸고 파랗고 맑은 연못의 물은 한없이 깨끗하다.

기후 현의 갓쇼즈쿠리(합장가옥)의 민가도 눈이 많은 지방의 전통가옥으로 재미있게 보았다. 산이나 강으로 외부와 소통이 원활하지 못한 오지마을에 많은 눈이 내린다면 쌓인 눈을 지탱해 내면서도 빨리 눈을 땅으로 흘러내리게 하기 위한 가옥구조가 지금까지 내려온 것이란다. 간스이공원 다리의 야경을 배경 삼아 나도 스타벅스에서 기념사진을 찍어 둔다.

셋째날, 다테야마(立山)구로베 알펜루트를 탐방하기 위해 이른 아침부터 서두른다. 일본 알프스는 영국인 선교사가 이곳저곳 등산을 하고 난 후 일본『알프스의 등산과 탐험』이라는 책을 출간한 이후 알려진 명칭이다. 히다 산맥을 북 알프스, 기소 산맥을 중앙 알프스, 아카이시 산맥을 남 알프스라 부른다. 일본 중앙부를 3개의 산맥이 북동에서 남서로 흐르고 3천 미터의 고봉이 일본 알프스에 26개나 된다니 웅대한 산악미가 넘쳐난다. 내가 보고자 한 알펜루트는 히다 산맥에 있는 북 알펜루트다.

알펜루트 시발역인 다테야마역에 도착한 후 우리는 렌트한 차량을 하산 예정역인 오오기사와 역으로 보내고 케이블카를 탔다. 해발고도 500미터를 단 7분 만에 오르는 승강기에서 내리니 비조다이라(美女平)이다. 여인 금지 신앙이 있는 다테야마 산에 정혼자를 찾아온 공주의 입산을 산이 금하자 지금의 미녀평역 밖에 있는 삼나무 두 그루가 공주의 하소연을 정혼자에게 전했던 결과로 두 사람의 사랑이 이루어졌다는 이야기로부터 이곳을 미녀평원이라 한다.

산책하고자 주변을 천천히 걷는데 보이는 나무마다 수백 년이 넘는 원시림이고 천년이 넘어 보이는 거목이 곳곳에 보인다. 이 지역의 고도가 천 미터 부근이니 인간의 출입이 용이하겠는가. 일본은 비가 많고 따뜻한 지역이니 천년 이상의 나무가 많다는 말이 거짓이 아님을 이곳에 와서야 깨닫는다. 보이지 않는다고 설마 하는 것보다 늦게나마 와서 거목을 보았고 오랜 세월 살아온 나무들의 실체를 느끼고 믿어짐이 다행스럽다.

50분에 걸쳐 고원버스를 타고 무로도(2,450미터)를 가는 길은 절정의 가을 풍경이다. 도심에 찾아오지 않는 가을이 이미 왔고 나뭇잎의 색깔이 붉기도 노랗기도 해 바람에 춤을 추는 모습은 진정 깊은 가을의 모습을 실감케 한다. 무로도에는 일본에서 가장 오래된 산장이 있고 3천 미터 전후의 높은 산 8개를 쳐다볼 수 있는 광장과 산책로가 있다. 미쿠리가이케라는 화구연못은 6월부터 코발트블루의 호수에 다테야마 연봉을 담는다고 한다. 터미널을 나와 용수를 한 모금 하고 기념사진을 찍은 후 화산가스를 분출하는 지옥곡을 갔다. 유황냄새를 맡으며 통행이 통제된 화산지역을 바라본다. 크게 한 바퀴 광장을 돌면서 연못도 보고 눈이 남아 있는 산등성이도 걸어 본다. 광장 쉼터에서 가벼운 점심을 들면서 설봉과 풍광을 즐기는 시간을 함께하니 여행의 맛을 알 것 같다.

트롤리 버스를 타고 다테야마(3,015미터)산을 관통한 터널을 10여 분 통과하니 다이칸보(2,316미터)가 나타나고 다이칸보 전망대가 보여 준 한 폭의 북 알프스 연봉과 구로베 댐의 장엄한 파노라마를 가슴에 담는다. 로프웨이에 몸을 싣고 7분, 케이블카로 5분을 나가니 구로베 호수가 보인다. 186미터 높이의 댐 둑을 20여 분 걸으면서 단풍이든 나뭇잎과 푸른색의 호수를 바라보며 자연의 조화로움 속에 흠뻑 빠졌다. 두 개의 방수 통에서 방출되는 폭포가 떨어지면서 일으키는 물보라가 이슬비처럼 날리고 전망대에서만 볼 수 있다는 쌍무지게 또한 나의 마음을 한껏 들뜨게 한다.

우리가 의뢰한 렌트카가 도착해 있을 오오기사와(Ogizawa)로 나가고자 간덴터널을 통과하는 트롤리버스를 16여 분 타니 주차장에 놓여 있는 도요다가 홀로 기다리고 있다.

(2018년 10월)

뉴질랜드 10월의 봄

둘둘회는 두 달에 한 번씩 둘째 주 화요일에 만나는 친구들의 가족모임이다. 10월 떠나는 항공권은 4월에 미리 구입하였다. 뉴질랜드, 호주 여행이 칠순여행으로 명분이 바뀌면서 아이들 옆구리 찌르기가 훨씬 쉬워져 여행에 따른 경제적 부담도 조금 해소되었다.

대양주에 대한 기대와 자유여행에 대한 부담을 안고 인천공항을 출발한 항공기는 14시간을 비행한 끝에 다음날 오클랜드에 도착했다. 친구가 예약한 스타렉스(현대차)를 렌트한 후 오른편 운전대에 앉아 주행하는 모습이 자랑스러워 보이고 구글과 한글판 유심 칩을 보아가면서 안내되는 지도를 따라 가야 할 길을 찾아내는 친구 부인도 대단해 보인다.

스쳐가는 건물과 교차로에서 도로 표지를 읽고 바닷가로 향하는 길과 공원을 보고 이정표를 읽으면서 공원 미션 베이(Mission bay)를 수월하게 찾아내는 친구 내외의 길 찾는 실력이 전문가 수준이다.

서울의 초가을 날씨에 길들여진 우리가 뉴질랜드 북섬의 초봄을 체감하기에는 기온은 너무 쌀쌀하고 바람은 거세다. 해변을 산책하는 어른, 유모차에 아이를 태우고 보행하는 젊은 엄마, 물가에서 물놀이 하는 소년 소녀들. 모두가 추운 날씨에 이상하였다. 더욱 미친 것은 MJS 기념공원에 있는 나무가 꽃을 피우고 잔디는 파릇파릇하며 초목은 새싹을 틔우는 것이다. 서울은 낙엽 지는 가을 10월인데 이곳은 이른 봄이라니.

바닷가와 공원을 잠깐 둘러보고 난 후 하버브릿지를 뒤로 한 채 미션베이 길을 따라 도심에 있는 숙소를 찾아간다. 공동묘지 옆 경사 길에 위치한 호텔은 그런대로 아담하고 깨끗하다.

현지 교포의 방문을 받고 나간 친구가 밤늦게 돌아오면서 담근 술과 떡을 들고 왔고 교포도 잠깐 들려 인사를 하고 간다. 잘 살고 복지도 좋다지만 얼굴에 포근함이 없어 보인 것은 교포의 어깨가 힘이 없어 보여서 그렇게 느꼈을 것이다.

여행 이튿날 가넷이 서식한다는 오클랜드 서쪽지방 무리와이 (Muriwai) 비치 가는 길에는 초원이 펼쳐있고 초원에는 양도 있고 검정 소도 있어 목가적 정취를 마음껏 느낄 수 있었다. 그렇게 넓고 광활한 초원도 처음이고 옹기종기 모여 풀을 뜯고 있는 양 떼도 소 떼도 마냥 한가롭고 평화스럽다. 생의 고난도 역경도 찾아볼 수 없는 낙원처럼 느껴진다.

무리와이 해안은 모래가 검정색이고 파도가 세차서 서핑 장소로 유명하단다. 해안의 절벽과 서식처 바위는 그 자체만으로 절경인데 호주에서 날아와 한철을 지내는 부비새(가넷)가 짝을 짓고 새끼를 키우는 둥지에서 빠르게 다이빙하여 물고기를 잡는 모습이 자연생태를 일깨우는 한 폭의 장면이다. 수백 마리의 부비새가 바위에 일정 간격으로 촘촘히 앉아 있는 경관이 찾아오는 우리를 위해 벌이는 사열 같다. 연병장의 장병보다 더 일사분란하게 도열할 줄 아는 사회적 질서가 보인다.

오클랜드를 한 눈에 조망할 수 있는 전망대가 있는 에덴공원에는 중요 도시와 오클랜드간의 거리를 표시한 동판이 있는데 SEOUL이란 영문글자가 없어 아쉬움이 앞섰지만 카우리종의 천년송도 있고 수백 년 된 거목이 있어 서운함을 달래준다. 아담과 이브의 삶을 엿보았음직한 거목들이 인간의 죄로 인해 황폐화된 환경을 탓하며 중동 땅을 버리고 이곳 에덴으로 이사 오지 않았나 싶다. 지금까지 내가 보았던 거목도 이곳의 거목에 비하면 산림이라 말하기 어려울 것 같다. 동산 휘어진 모퉁이 이곳저곳마다 노목이 버티고 나를 반긴다.

로토루아의 토양과 기후가 좋아서인지 레드우드(RED WOOD) 산책길에서 보았던 메타세콰이어도 나를 놀라게 한다. 나무가 중심인 세상에서 천년 이상의 나무를 많이 보다 보니 나도 더 오래 살 수 있겠구나 하는 안심과 욕심이 생겨 이끼 낀 산림을 이웃집 보듯 친근감 있게 기웃거린다.

와이토모의 글로웜(GlowWorm) 동굴을 한국에서는 반딧불 동굴이라 홍보하지만 우리가 생각하는 날아다니는 반딧불이 아니고 동굴천정에 붙어 빛을 발산하는 애벌레의 집단이라 한다. 밧줄 따라 흐르는 배에서 볼 수 있는 점멸되는 천정의 불빛은 동굴의 고요함만큼이나 엄숙하다. 물 위를 흐르는 배를 따라 펼쳐지는 천정 야경은 나를 신비의 세상으로 인도하려 한다.

북섬의 특성이 많은 화산지구에 왔다. 수디마(SUDIMA) 호텔에 있는 야외 노천탕에 들어가 온천욕을 즐기고 나오다 호텔 로비에 있는 조각상 마우이(Maui) 족과 쿠페(kupe) 족의 오늘날의 삶이 궁금해진다. 미국의 인디언에 비해 뉴질랜드에는 마우이 브랜드가 부착된 회사가 눈에 많이 띄는 것으로 보아서 이들의 사회 참여도가 높고 일정 지분 이상의 혜택을 누리는 것 같아 보였다. 사회적 지위가 지배자의 아량에서인지 원주민의 생존능력인지 궁금하다.

타우포 화산지대에 있는 와이오타프 온천지대가 보여 준 보글보글 끓는 머드 못, 노랑 물감을 뿌린 온천, 물방울이 뽀글거리는 샴페인 온천 등은 진흙속의 광물과 물의 조화가 이루어 낸 합작품이라니 다양한 못과 온천 색상에 경이를 표한다. 한편으로 바람 따라 유황가루가 흩날리고 풀과 나무에 유황이 쌓여 잎을 시들게 하고 가지를 마르게 한다. 비틀거리는 풀과 잡목과 함께 고난을 이겨내는 소나무 숲이 안쓰럽다.

와이망구에는 뜨거운 온천수 따라 생겨난 못이 있고 물이 내뿜는 열기가 담수 표면을 덮어 안개 같은 수증기가 연못을 감싸 안는 모습이다. 계곡 따라 온천이 흐르기도 하고 솟기도 하면서 열수는 하류의 선착장까지 계곡을 따라 유영한다.

좁은 협곡에 접어들면서 타우포 호수에서 시작된 물이 와이카도강(waikato.R.)의 넓은 강폭을 흐르다가 만들어 낸 후카폭포(Huka falls)의 물줄기는 하얀 포말을 만들고 힘찬 흐름이 남성다워지면서 모터보트를 하류로 돌리고 밀어내면서 승선한 관광객의 폭포 접근을 방해한다. 접안을 허용하지 않겠다는 폭포와 도전하는 문명 간의 투쟁은 오늘도 계속 된다.

북섬 중앙에 위치한 타우포(TAUPO) 호를 끼고 발달한 타우포 시 공항에 랜터카를 반납하고 남섬의 퀸스타운을 가기 위해 국내선(NZ625)을 탄다. 퀸스타운의 숙소는 백패커하우스이다. 젊은이가 이용하는 숙소라서 낯설었으나 얼마 지나자 곧 적응이 되었다. 아침은 식빵과 잼을 공급받아 해결하니 오전 활동이 여유로웠으나 저녁에는 곁들여야 할 포도주 반입을 삼가니 편익이 있으면 불편도 따라오는 세상 이치를 저렴한 백패커에서 깨닫는다.

전망대에서 본 퀸스타운은 2,343미터 높이의 산(Double Cone)과 이어지는 크고 작은 봉우리 아래 펼쳐진 비취(와카티푸) 호수가 내준 산악 도시이다. 77킬로미터에 걸쳐 흘러가는 호수에는 여객선이 운항되고 빅토리아 여왕에 어울리는 아름다움을 갖춘 도시라는 평에서 얻어진 이름따라 남섬의 대표적 관광도시다.

숙소 부근에 산책도 하고 뉴질랜드인의 삶도 볼 수 있는 퀸스타운 공원이 있다. 공원은 와카티푸(WAKATIPU) 호수 옆으로 튀어나온 반도 모양에 위치하여 물을 안고 있는 좁지 않는 동산에 수련장, 테니스장, 보트장이 시민에 제공되는 휴식공간이자 문화공간이다. 1차 대전 참전용사를 기리는 기념탑도 있는 곳이다.

퀸스타운에는 쾌속보트가 출항하는 선착장이 있고 항구 옆에는 일요일마다 열리는 벼룩시장이 서는데 오늘도 흥을 돋우려는 기타리스트는 연주에 열심이다. 생산자가 직접 생산품을 들고 나와 이름을 걸고 판매하는 시장으로 풍경사진, 모자, 도자기, 공예품, 시계, 도마 등 기념품이나 생활용품을 살 수 있는 곳으로 정겹기가 우리의 오일장과 같다.

빙하가 이루어 낸 신비롭고 영롱한 밀퍼드사운드를 보고자 아침 일찍 퀸스타운을 나섰다. 호수(와카티프) 따라 길을 낸 산뜻한 도로를 달리는 기분은 땅의 광활함과 이국적 풍경으로 여행객을 사로잡는다. 북섬에 비하여 늦게 찾아오는 봄기운으로 푸른 목장은 양들의 뛰어노는 모습으로 더욱 평화로워 보인다. 수백 킬로의 대지에 닦아 놓은 폭이 좁은 도로를 달리고 가파른 오르막을 오르니 펼쳐진 호수와 숲이 연출한 풍광에 매료되어 나도 모르게 탄성을 지른다.

아름다운 밀퍼드사운드를 세상에 내놓기 싫어하여 조물주가 장벽처럼 세워 놓은 바위산을 뚫어 길을 내보겠다는 인간의 욕심에 의해 임시 개통된 호머(Homer)터널을 지나간다. 암반을 깨고 도로 폭을 확장 중인 터널이라 아직은 무질서하고 어수선한 가운데 시설마저 빈약하다. 신이 창조하신 자연과 인간의 터널이 극명하게 비교된다. 도로 변에 있는 차량 쉼터는 의자와 시멘트 탁자만 있고 간이 시설이 없어 농장 울타리를 이용한 기억이 있다. 폭이 좁은 도로를 주의하지 않고 운전하다 보면 뒷바퀴가 차선을 벗어나면서 설치된 예방 핀을 긁고 내는 소음이 드르륵하고 들린다. 경고음이지만 연속으로 나는 소음이 나의 운전을 불안하게 한다.

빙하가 골짜기를 침식하여 만들어 낸 공간에 바닷물이 들어와 생겨난 좁고 긴 형태의 만(Bay)을 피오르(fjord)라 하고 피오르 중에서 구불구불한 좁은 만을 사운드라 한다. 선착장을 출발한 크루즈는 만을 따라 나를 이리 돌리고 저리 굴려 보웬 폭포(Bowen Falls) 앞에서 폭포가 비산시키는 물방울을 맞고 젖게하며 최고봉 마이터 피크(Mitre Peak)를 더 가까이에서 선명하게 보여 준다. 선장은 또 우리를 개바위(seal rock)에서 물개 무리를 만나게 했고 앙증맞은 펭귄과도 조우하게 한다.

환경과 생태의 중함과 아름다움을 알게 한 크루즈가 고맙고 경이로움에 빠진 나의 시력을 회복하고자 선상에서 판매한 한국산 매콤한 신(辛)라면 한 컵을 먹을 수 있는 기쁨 또한 흡족하다.

빙하가 만든 해안 절경을 아쉬워하며 일정을 남반구 최고봉 마운틴쿡을 가고자 퀸스타운 동쪽의 도로8번과 국도80번을 타고 푸카키

(PUKAKI) 호수에 도착했다. 호수의 옥색은 마운틴쿡(MT KOOK)에서 녹아내린 빙하수에 함유된 석회질 농도와 햇빛의 조화에 따라 변한다. 태양의 고도에 따라 에메랄드 색도가 다르다는 의미다. 빙하 발원지에 가까워 갈수록 머드 성분이 많아져 진흙탕의 호수였다가 흘러내려 가면서 맑은 바람과 햇볕으로 정제되어 코발트도 되고 에메랄드로 변한다니 빙하수와 햇볕의 조화가 묘묘하다.

마운틴 쿡(해발 3,754미터)을 등지고 메인그라운드에서 증명사진을 찍고 정상을 향하여 산을 올라가니 위험 표지판이 앞을 가로막는다. 이 지점에서 하산하라는 명령이다. 오찬을 하던 레스토랑은 산사람이 사용했음직한 과거 양식의 스틱과 배낭, 페넌트 등이 벽면 일부를 장식하면서 식당의 오래됨을 은근하게 자랑한다.

뉴질랜드 하면 소나 양을 기르는 축산업만을 생각하는데 퀸스타운 부근의 크롬웰 지역에는 배나 포도를 생산하는 농장과 깁스톤 와이너리가 있고, 애로우 타운에는 애로우 강(Arrow River)에서 사금을 채취하던 시절의 생활상과 채취도구 등을 전시한 박물관이 있다. 숍에 들려 마음을 맑게 하는 '하모니'라는 제목의 디스켓을 샀다. 뉴질랜드 사람의 영혼을 듣고 느끼고 싶어서이다. 번지점프의 발상지라는 철다리도 애로우강에 있어 이곳을 찾아오는 젊은이가 많았다.

오클랜드가 남쪽에 있는 퀸스타운보다 봄소식을 먼저 알리고 꽃과 초목을 빨리 피운다는 사실을 눈으로 보고 대양주에서는 남쪽으로 내려 갈수록 춥다는 것을 몸으로 느낀다. 남쪽은 항상 따뜻하다는 나의 고정관념도 현재 위치가 남반구냐 북반구냐에 따라 달라져야 함을 처음 생각한다. 나의 생각과 주장도 시류나 관념이 아닌 옳고 그름에 기준이 있어야 한다는 이치를 뉴질랜드 남섬에서 다시 깨닫는다.

(2017년 11월)

남부유럽여행

포르투갈과 모로코 여행

가이드의 선창에 따라 큰소리로 "뷰에노스디아스 빠꼬" 하면서 운전기사에게 박수를 친다. 오늘도 안전운행을 부탁하면서 나누는 스페인식 아침 인사다. 리스본에 도착한 후 바르셀로나를 떠날 때까지 저녁에는 그라시아스 빠꼬로 인사한다. 훤칠한 키에 팽팽한 젊음을 간직한 스페인 청년 빠꼬는 열정과 애수가 흐르는 서정적인 대중가요를 즐기며 운전한다.

달리는 버스에 흐르는 스페인의 대중가요나 포르투갈의 파두(Fado)에 사로잡힌 나는 펼쳐진 이베리아반도의 벌판과 구릉, 야산을 차창으로 보다가 자다가 또 바라본다. 콜크 농장이 구릉 따라 펼쳐지다 들판을 건너뛰어 다시 시작되고 그렇게 달리다 보면 올리브 농장이 또 시작된다. 돌과 흙으로 된 야산은 물 한 모금 먹지 못한 모습인데도 노랑 싸리나무 꽃을 피우거나 유칼립투스 숲을 이룬다. 사람 사는 가옥이 간혹 보이고 군락을 이룬 선인장은 텃밭과 집을 경계 짓는다. 경계에 있는 로템나무가 노랑꽃으로 봄을 맞이 할 준비를 할 때쯤 이 땅을 살아가는 가난한 농부의 마음은 어떠할 까 조금 염려가 된다.

리스본의 밤을 보내고 해변호텔(Praia Mar)에서 바닷가를 따라 터를 잡은 마을을 산책한다. 길가 하얀 집은 위로 소나무와 보라색 라일락만을 여행객에 보여 주고 돌담으로 가려져 있어 아름다운 화초와 정원 내부는 볼 수가 없고 흰 벽과 붉은 기와를 안고 서 있 는 2층 가옥만이 무심하게 그렇게 이방인을 대한다. 마을길은 가운 데만 아스팔트가 포장되어 있어 깨끗하고 좌우 담장 밑에 자란 잡 초도 담장을 치장한 파란색 십자 타일과 어우러져 골목은 꽃밭처 럼 보인다.

리스본 시내의 안정됨과 도로변의 풍요로움을 훔쳐보면서 대서 양 서쪽 끝 마을 까보다로카(Cabo da Roca)로 향한다. 모래와 자갈 이 지천으로 흩어져 있는 들판에는 바닷바람에 지친 잡목과 잡풀 만이 생육이 힘겨운 듯 땅에서 허리를 펴지 못하고 있고 이들의 상 태를 나타내듯 색조는 희뿌옇다. 생경스러운 십자 표지가 있는 등대와 이국의 풍광에 매료된 나만이 땅 끝을 보고 등대 너머를 바 라보았노라 자랑하고 싶어 셔터를 누른다.

바이런에 의해 에덴의 정원이라 불렸다는 신트라(Sintra)에는 왕 의 여름궁전과 이슬람 세력에 의하여 지어진 무어성이 있다. 세계

문화유산으로 지정된 신트라는 골목이 좁고 경사가 상당하여 도시민이 살기에 불편해 보인다. 이대로 두면 폐허가 될 수도 있겠다는 생각에 포르투갈의 경제사정이 회복되기를 기원해 본다.

몇 해 전 일본의 고베를 관광하면서 보았던 이인관(異人館)의 모습을 떠올리고 사람이란 보고 자란 환경을 잊지 못하고 사는가 싶었다. 살고 있는 고베에 고향을 재현한 옛 포르투갈 상인의 마음이 이제야 이해된다. 외로움을 어찌하지 못해 그랬을 것이라 생각하니 시공을 넘어 위로해 주고 싶다.

리스본에는 제르니모스 수도원이 있고 정치인을 감금했던 감옥 벨렘(Belem)탑이 있다. 만조 때 사람 허리까지 테주강 강물이 차올라 감옥의 죄수를 고통스럽게 했다니 생각만으로도 형벌이다.

착한 사람만이 볼수 있다는 쌍무지개를 강변에서 보았으며 1837년 창업했다는 '맛있는 빵 Pasteis'를 한입 시식해 보았고, 대지진(1755) 때 잠시 잠겼던 로시우 광장을 돌아 나왔다.

선물은 파티마가 저렴하다는 가이드의 홍보성 발언에 수탉 머리를 장식한 병마개, 묵주, 남색의 타일도자기 등을 밉보이지 않으려고 샀다. 성모께서 세 명의 어린이 앞에 나타나셨다는 성모발현 사실을 세상에 알리고 기념하고자 건축된 파티마 대성당은 20세기 축조 건물임에도 네오클래식 양식이고 2007년 지어진 원형 예배당은 현대적 감각을 살려 아름다움과 세련미를 더한다.

큰 성당 안은 십자고상을 중심으로 좌편에 성모님과 세 아이들이, 우편에 사도들이 황금색으로 모자이크 처리되어 있다. 나무의 자도 조각상과 조화를 이루어 성당의 기품을 한층 높인다. 성모님의 은총을 받은 발현성당의 기적을 갈구하는 신자의 발걸음 또한 많다. 20대 후반 여성의 무릎보행은 검정색 차림의 옷만큼이나 무겁고 진지해 보였다.

스페인 왕권으로부터 독립을 기념하고자 세웠다는 빠타야의 산타마리아 수도원의 주차장은 오래된 푸라타나스를 전지하여 둥근 정원수를 만들었는데 그 모양은 서울의 푸라타나스와 사뭇 다르다. 이베리아반도의 나무는 모두가 둥글다. 소나무가 그렇고 콜크나무가 둥그렇게 잘린다. 올리브가 그리되었고 로뎀나무가 그렇다. 뜨거운 태양아래 사는 것도 버거운데 강수량이 부족한 땅에서 둔덕과 모래톱을 보듬고 살아남기에 최적의 나무 형태는 원형인가 싶다.

원형의 나무를 자연 형태로 보고 살아온 사람들은 나무의 성장 DNA도 둥글 것이라고 생각했는지 측백나무도 아모르(밥태기)도 둥글게 조경하고 일정 높이에서 정지시킨다. 생육하는 식물의 성장이 인간에 의해 계획되고 모양이 결정되어 자라난다. 인간의 필요가 나무의 생육을 좌우하고 나무의 DNA를 바꾸었는지도 모르겠다.

모로코 여행은 이른 점심을 세비야에서 먹고 난 후 타리파(Tarifa)에서 탕헤르(Tanger) 가는 페리에 승선하고부터 시작되었다. 대서양의 거친 물살이 좁은 지중해를 빠져나가느라 진도의 울돌목같이 거세다는 지브롤터 해협의 바람을 맞으면서 너울대는 파도를 1시간여 달린다. 탕헤르는 가난한 도시로 보인다.

　모로코의 첫 밤을 이곳에서 묵고 페스 관광을 위해 버스를 탔다. 현지 가이드 사이다가 5-6명의 청년을 차체 바닥에서 내몰려고 소리를 친다. 유럽버스를 이용해서 스페인 밀입국을 시도하고자 서성인 청년들이라고 말한다.

　내륙을 달리는 차량 바닥에서 쿵쿵거리는 규칙 음이 들리고 이에 놀라 차가 멈추었다. 바닥을 향한 사이다의 큰 소리에 한 청년이 기어 나온다. 모로코를 떠나는 차량으로 오인하고 승차하였을 거라는 사이다의 말과 아쉬워하는 청년의 표정을 뒤로 한 채 차는 달렸지만 내가 받은 충격은 국민의 삶에 정부와 모스크는 무엇을 하고 있는지 분통이 터졌다. 카사블랑카와 리바트에서 일어나는 소요사태를 뉴스로 듣고서 희생 없이 모로코 인의 삶이 좀 더 향상되기를 간절하게 빈다.

　관광할 지역은 세 곳이나 넓은 땅의 이곳저곳에 위치하고 있어 이동해야 할 거리가 만만치 않다. 북아프리카의 들판도 이베리아 반도에서 보았던 것처럼 선인장 울타리, 타들어 가는 잎을 가진 올리브나무, 노란색의 싸리나무 등등이 많이 비슷하다. 껍질이 필요해 생육된 콜크나무는 아랫도리를 털 빠진 닭처럼 발가벗겼고 작업이 마감된 연도를 숫자로 표시('08)한 채 서 있는 모습도 비슷하다.

　이베리아반도에서는 들판에 나와 있는 사람을 보기가 힘들었는데 모로코 땅에는 아버지와 아들이 함께하는 밭갈이가 보이고, 비실거리는 말이 끄는 마차가 있으며, 텃밭을 일구는 아낙과 옆을 지키는 아이가 있다. 밭 가장자리에는 농부가 나무에 그네를 매고 앉아 쉬는 모습도 보인다. 강우량이 많고 땅도 비옥한 듯 유칼립투스가 하늘을 찌르고, 둥근 원을 그리는 소나무와 로뎀이 자라고 있다. 땅의 토질이 생육에 괜찮았음을 관광객에게 보여 준다.

목초가 실린 마차를 몰고 가는 여인과 교통수단으로 당나귀를 타는 촌부, 경작을 위해 고속도로를 횡단하는 농부를 보면서 모로코를 향하는 승용차 지붕에 실려 있는 허름한 문짝과 자전거 그리고 중고 가전제품 등의 용도를 알 것만 같다. 대륙을 넘어와서까지 유럽의 자원이 재활용되다니 훌륭한 일이지만 안쓰럽다.

빈약한 인프라와 배려하지 못한 정책이 만들어 낸 시스템에서 어찌하지 못한 가난한 백성과 모스크의 위용을 비교해 보면서 모로코도 들판의 넓은 땅을 잘 경작하고 더 많은 가축을 방목할 수 있는 기반이 조성되길 희망하고 백성이 꿈을 키우면서 살아갈 수 있는 제도적 장치를 종교와 함께 정치가 마련해 주기를 빌어 본다.

황금빛 이슬람 문양의 궁문과 단조로운 왕궁이 있는 중세 도시 페스(Fes)에는 골목 따라 상가가 형성된 올드타운 메디나가 있고. 수도 리바트에는 국왕의 화려한 무덤과 수세기 동안 짓다 중단된 모스크의 원형기둥이 있다. 이를 경호하는 붉은 복장에 하얀 띠를 두른 기마병이 원형기둥과 묘한 조화를 이루면서 여행객을 긴장시킨다.

추억 찾아 카사블랑카를 갔다. 오픈한 지 몇 년 안 된 하얀 건물의 '릭 카페'는 영화를 추억하고자 관광객이 방문한다니 세트를 대신한 건축물을 새로 건축한 건물주의 기대수익은 이루어질 것 같다.

다음날, 여행 중 가장 빠른 조반을 먹고 거대한 건물과 광장을 가진 하산 메스키타를 찾았다. 화려한 조명 아래 바닷가를 끼고 서 있는 동틀 무렵의 사원은 파도소리 따라 흔들리듯 꽤나 인상적이다. 모로코 경제가 감당하기 어려운 비용을 들여 완성했다니 아름다우나 이슬람세력도 사랑하여야 할 첫째 대상이 백성이라는 것을 지금이라도 알았으면 싶다.

안달루시아

편리함을 쫓는 유럽인은 대도시에 상주하기를 원한 것인지 넓은 벌판을 싫어하는 것인지 잘 닦여진 도로에는 차량이 드물고 휴게소에도 사람이 뜸하다. 관광과 농업이 주업인 안달루시아의 주도 세비야를 찾아가기 위한 고속도로가 그렇다.

세비야에는 공작부인이 희사한 마리아루이사 공원과 스페인광장이 있다. 공원의 일부를 기증받아 1929년 무역박람회를 개최하기 위하여 만든 이 광장은 반원형의 성곽형식 건물과 보트를 탈 수 있는 넓은 수로와 각 주의 특색을 나타내는 그림 등이 어우러져 스페인 최고의 광장이라 한다.

이슬람 사원을 개조한 세비야 대성당에는 왕들의 어깨 위에 누워 있는 콜럼버스와 바닥에 안치된 그의 아들을 보며 한 인간의 신대륙 발견이 이렇게 클 수 있구나 하는 생각을 한다.

히랄다 탑에서 바라본 세비야 시가지와 28개의 종을 치는 전자 시스템은 21세기 모습이 분명한데 사원이자 성당을 받치는 기둥과 문양 그리고 유적은 옛 모습 그대로여서 조화롭고 아름답다.

구 시가지에 왕궁이 있고 왕궁 뒤편에는 이재(理財)에 밝은 유대인 거주 지역이 표석으로 남겨져 있다. 세비야의 이발사와 돈주앙의 작품 연고가 있는 광장주변은 관광객의 촬영 명소가 되었다 한다.

세비야는 콜럼버스를 있게 한 항구 도시다. 황금 탑과 은 탑을 과달키비르(넓은 강) 양안에 세우고 탑 사이를 쇠사슬로 연결하여 선박운항을 통제했다는 이 강에서 콜럼버스는 신대륙을 향해 출항하였지만 지금은 옛 영광을 아쉬워하며 혼자 그렇게 강변에 서 있는 황금 탑의 모습이 애처롭다.

도시를 걸으며 사람 사는 모습을 보거나 성당을 관람하고 이슬람문화를 눈요기하는 데 보낸 시간보다 버스를 타고 달리는 시간이 더 많은 기이한 여행을 계속한다. 먼저 다녀간 한국인은 유적지를 확인하는 것을 무척 좋아해서 이번 일정도 그렇게 잡혔다고 가이드가 둘러대는 말을 따라다니는 입장에서 믿을 수밖에 없지 않는가. 이제는 여행문화도 바꾸어야 할 때가 오지 않았는가.

타리파와 미하스는 비탈에 길을 내고 굴곡에 맞추어 도로가 포장되어 있으며 해안을 조망하기 좋은 산자락이나 언덕에는 빌라와 콘도가 지천을 이룬다. 햇볕이 그리워 찾아온 북유럽인은 고향에서 찾지 못한 환경의 한 부분을 이곳에서 채우려고 모여든다 한다.

백색의 도시로도 유명한 미하스는 붉은 지붕과 하얀 벽을 가진 집이 길 따라 눈에 도열한다. 동굴을 파서 만든 성당에 성모님을 모시는 비르헨테라페냐 성당, 중 산간을 따라 내려온 골목의 하얀 집, 마을중앙에 위치한 나자레노광장 모두가 희고 붉고 아름답다.

말라가를 찾았다. 일본계가 운영하는 이름의 시로코(Ciroco) 호텔에 짐을 풀고 비취 파라솔과 썬팅다이에 마음이 팔려 파도소리를 따라 바닷가를 어둠이 올 때까지 걷는다.

꼬르드바를 가고자 밤 봇짐을 싸고 도망치듯 새벽부터 짐을 챙긴다. 여행용 가방을 끄는 삼십 명에 가까운 일행의 행렬은 전투에 참전하는 전사의 모습이다. 다들 싫다는 말 한마디 못한 채 말라가를 떠나기 위해 움직인다. 가이드의 탁월한 통솔력인지 더 보겠다는 욕심인지 나도 모르겠다.

세차게 흐르는 강물 위에 아치형으로 세워진 멋진 석조다리를 건너 13세기까지 이 지역을 다스리던 이슬람 왕조의 수도였던 꼬르도바에 당도했다. 꼬르도바 대성당은 그리스도 세력에 의해 많은 부분이 현재의 모습으로 개조되었으나 메스키타(모스크)의 종탑과 건물의 벽면과 천장 등에 아라베스크 문양이 조화롭게 있다.

분수대 중앙에 조랑말 동상이 있는 포트로(Potro) 광장은 세르반 테스를 기념한 광장으로 젊은 시절 묵었던 여관이 근처에 있다. 유대인의 거주지가 벽면에 표시되어 있고 창문과 테라스에 매달려 있는 많은 화분은 통로를 꽃길로 바꾸는 마술을 보인다.

오찬을 위해 찾아간 다운타운의 식당, 옆집 상가의 방범창이 이 채롭다. 철 바를 교차하여 만든 사각 공간을 청첩장 뒷면의 십자 문 양과 같게 만든 창, 완자무늬를 생각나게 한 붉은색 창, 십여 개의 타원형을 도려내 이은 창, 가로 또는 세로를 기본으로 한 사각형이 오버랩된 창 등 다양한 디자인이다.

두루마리 철판이 대세인 우리네 방범창보다 예술적이고 문양도 다양하고 색깔도 예쁘다. 자유로움 가운데 분방한 사고를 조장하 는 환경과 문화의 소산으로 보인다. 창의성을 중시하는 문화풍토 는 배워야 한다.

15세기 말까지 이슬람 세력의 거점으로서 문화. 예술 등 많은 분 야에서 한 획을 이룩한 나스르왕궁(1232-1492)을 찾았다.

붉은 성이라는 뜻의 알함브라궁을 위시해 알 카사바 성채, 헤네 랄리페 정원 모두가 신의 작품임에 틀림없다. 벽면과 천장이 섬세 하면서도 정교한 조각에 감탄이 절로 나온다. 석회반죽으로 빚고 타일을 붙이고 나무를 쪼았는데 기하학적 문양이 있고 범접하기 어려운 아름다움이 그곳에 배여 있다.

검정, 초록, 노랑 그리고 파랑의 4원색 타일에 새겨진 문양 또한 인간의 작품이 아니다. 재질이 무엇이든 이들의 창조과정을 거치면 정교하고 섬세함이 인간의 한계를 벗어나니 놀랍기 그지없다. 그리스도 군주가 만든 카를로스 5세 궁전은 방음벽을 쌓아올린 성벽으로 나스르왕궁과 융화되지 못해 참으로 아쉽다.

물 내림 따라 조성된 헤네랄리페 정원은 아름다우나 조경은 지나치게 인위적이며 생경스러웠다. 맑은 날씨의 하늘만큼 깨끗한 분수는 포물선을 그리며 떨어짐이 산뜻하다. 친근하면서도 언젠가 본 CF영상이구나 싶어 생각을 떠올리는 데 오랜 시간이 걸리지 않았으며 흐르는 물의 낙차 압을 이용한 분수라니 자연현상에 대한 이슬람의 지식 또한 놀라웠다.

칸테 플라멩고(Cante Flamenco)의 절도 넘치는 리듬 따라 질주하는 시에라네바다의 설경, 밀밭 그리고 유채 밭을 차창 밖으로 보면서 그라나다를 빼앗긴 것은 아쉽지 않으나 알함브라궁을 다시 볼 수 없음을 안타까워 했다는 패망 이슬람 왕의 절규가 나에게도 전해 온다.

돈키호테의 풍차마을

돈키호테의 풍차마을로 알려진 콘수에그라는 버스가 몇 번의 핸들을 꺾어야만 마을 진입이 가능했다. 찾아오는 관광객으로부터의 수입도 적고 지역경제에 보탬도 되지 않아 개발이 지연된다 한다. 우리는 희미한 역사적 흔적만으로도 내 것인 양 포장하고 개발을 시작하는데 외가마을을 오가면서 눈여겨본 콘수에그라를 돈키호테의 활동무대로 묘사했음이 분명함에도 이렇게 개발이 지연된다니 정부의 지원이 없이 개발해야 할 지방의 입장도 알겠으나 욕심이 너무 없어 보인다. 이해할 수 있는 개발도 필요하고 활용할 줄 아는 개발도 필요하다 싶다.

카스티야 라만차 평원은 넓고 광활하여 날씨가 좋았는데도 지평선을 가늠할 수가 없다. 고성과 아홉 개의 풍차를 바라보니 이상과 현실을 접목하지 못한 채 항상 실패하던 돈키호테가 앙상한 말을 타고 기괴한 동작으로 라만차 평원을 달려올 것 같다.

타요(Tajo) 강에 있는 알칸다라교를 건너 톨레도를 찾았다. 에스컬레이터를 타고 시간이 멈춘 듯한 중세 속의 시가지를 기웃거린다. 주교가 상주하는 큰 성당을 카테드랄(cathedral)이라 하는데 톨레도에 주교가 계신다. 성가대석의 장엄함과 수평에 수직이 가미된 파이프오르간, 예수님의 생애와 고난이 묘사된 병풍과 성화로 그린 성경책이 전시되어 있고, 엘 그레코가 그린 엘 엑스폴리오에서 예수님의 평온과 엄숙함을 보면서 고민에 찬 베드로의 눈물을 생각해 본다. 추기경의 미사집전복의 화려함을 보고 왕권보다 신권이 우위인 시대가 이 시대였음을 배운다.

프라도 미술관과 사그라다 파밀리아

마드리드에서 푸에르타 델 솔(태양의문)광장을 확인한다. 늦었지만 마요르광장도 들렀다. 17세기 투우장으로 사용되던 이 광장은 발코니의 변신을 통해 지금은 바(bar)나 선술집으로 사용되고 있다. 광장에는 커피나 맥주를 팔고 있는 노점이 있고 행위 예술을 하는 사람과 사진도 찍을 수 있는 곳이라서 사람이 모인다 한다.

피곤한 몸을 홀리데이인에 맡기고 다음 날 스페인 회화의 진수를 볼 수 있다는 프라도 미술관을 찾았다. 엘 그레꼬, 고야 등의 작품을 보고 사본 몇 점을 구입한다. 사람 사는 모습은 동서양이 같고 재능에 따라 해야 할 일도 비슷하며 능력에 따라 받는 대접도 차이 없어 보인다. 왕도 됨됨이 따라 대신 옷을 입힐 수 있고 신하로 대접될 수 있음을 고야의 '카를로스 4세의 가족'을 보면서 느낀다. 말이나 행동이 나의 위상이고 내 존재임을 깨닫는다.

세르반테스와 그의 작품의 주인공 돈키호테와 산초가 중앙에 있는 스페인광장을 별다른 감흥 없이 보고 나오는 길에 오토바이를 받치고 짐받이에 모터를 달아 칼을 갈고 있는 모습을 서울이 아닌 스페인에서 익숙한 나의 눈으로 보면서 고야의 '카를로스 4세의 가족'을 이해한다.

10박 12일의 여행도 바르셀로나가 마지막이다. 황영조 선수가 금메달을 달았던 몬주익(Montjuic) 언덕을 기념하고자 경기도가 조성한 조형물을 스쳐 보고 제2의 도시 바르셀로나의 람블라스를 본다. 많은 행위예술가의 기괴한 모습을 촬영하고 오늘의 이들을 있게 한 모태가 가우디가 아닐까 생각한다. 물결치는 외관을 보여 주는 카사밀라 건물의 출입구는 동굴 같았고 굴뚝은 버섯 같기도 하고 아이스크림 같기도 하다.

가우디가 설계한 구엘공원도 20년 동안 세 필지에 세 동의 건물만을 지었다니 당시의 단지사업(60필지)은 실패다. 시에 기부될 수 있는 기회가 왔고 가우디의 독창성을 볼 수 있는 공원이 되었으나 설계 때부터 공원을 염두에 두고 기획한 것은 아이었는지 잠깐 시샘해 본다. 구형만을 고집한 건축양식, 밝은 색깔의 타일로 장식한 다주실의 천장, 골프티 같이 돌을 쌓아 만든 산책로, 돌을 아래로 붙여 종유석을 연상케 하는 보행로, 테라스 형 벤치 등은 독창적이고 그로테스크하여 구엘 단지가 보통 사람의 사유물이 되기에는 관광객인 내가 보기에도 어렵겠다.

지난 100년을 건축했는데도 언제 완성될지 하나님만이 알고 있는 사그라다 파밀리아(성 가족성당)에서 세상을 떠난 가우디가 완성시킨 탄생의 파사드를 보고 천재는 누가 알아 주어야 천재가 아니라 태어나면서 정해진다는 생각이 든다.

아름다움에 취하고 문화적 새로운 충격을 받아들이느라 몽롱한 나의 머리를 진정시키는 데는 많은 시간이 걸렸다.

(2011년 4월)

한라산의 화려한 단풍

산수회가 계획한 가을 산행은 한라산 백록담으로 오래 전에 결정되고서도 일정 확정, 경비 확보, 항공권 구매 등등의 과정으로 오늘에야 김포공항에 모일 수 있게 되었다. 지난해 주왕산 산행을 함께해 보았던 친구 부인들을 다시 보니 낯익고 친근감이 예전보다 가깝다 느껴진다. 제주-서울을 오가던 한성항공이 모진 시련을 겪고 티웨이 항공으로 다시 태어났다는 사실만으로 슬그머니 스며드는 긴장을 나 스스로 다독거리고자 그간의 근황을 묻고 한라산을 화제 삼아 가면서 여행 일정을 알리고 주의사항을 확인해 주었다.

제주는 항상 느끼는 남국의 정취를 오늘도 우리에게 유감없이 선물하고 색다른 가을 색깔을 입혀 가로수를 선보인다. 배낭을 메고 공항을 나오니 여행사 직원과 버스기사가 우리를 반갑게 맞는다. 처음 찾아간 용두연은 용이 살았다는 연못으로 흐르는 물과 계곡의 조화가 빼어나며 지금은 제주 시민의 산책코스로서 사랑받고 있단다. 용두암은 용두연에 살고 있는 용이 바다로 산책 나와 내미는 머리이고 용의 꼬리는 육지 쪽이라서 인천 앞바다의 작은 섬일 것이라는 안내자의 익살에 한참 웃었다.

서귀포 칠십 리 해안선을 따라 생겨난 올레길 제7코스를 걷는다. 쪽빛 바다와 두렁길이 어우러지고 산책로 따라 기암바위와 절벽을 보는데 먼저 눈에 들어 오는 바위가 20미터 높이의 외돌개라는 망부석이다. 바다에 나가신 할아버지를 기다리다 돌이 되어 버린 할머니 망부석과 심해를 헤매다가 할머니가 가여워 찾아온 할아버지 돌이 아래 위로 마주보게 됐다는 거석 이야기다. 살아생전 금슬 좋은 부부간의 정은 죽어서도 함께하고 싶어할 것이라는 사람들의 참사랑에 대한 로망을 이야기한 것이 아니겠는가. 새삼 옆을 지나는 우리 집사람의 얼굴을 다시 한 번 쳐다보고 빙긋이 웃었지만 의미를 모른 채 지나간다.

해안선을 따라 만들어진 산책로는 탁 트인 바다와 깎아지른 절벽, 야생화, 시(市)가 만든 목책과 화합하여 이루어 낸 한 폭의 풍경에 나도 너그러워짐을 느끼고 일행도 하나됨에 서로가 기꺼워한다. 지나가는 행인의 모습이 새삼 어여뻐 보인다. 저 멀리 바다 가운데서 무엇인가를 생각하고 있는 문섬, 섶섬 그리고 범섬을 뒤로 한 채 돔베낭 골에 이른다. 계단을 따라 바다로 내려갔더니 벌집 문양을 가슴에 새겨놓은 암벽과 너럭바위가 여기저기 흩어져 있다. 그것으로도 작품인데 바다와 하늘을 껴안고 있어 더욱 아름답다.

서귀포 해안 경치가 참으로 훌륭하다. 활화산의 아픔을 딛고서야 지금의 아름다운 풍광을 간직할 수 있었노라고 제주는 우리에게 말하는 듯하다.

아열대성 상록수가 우거진 수직 절벽의 한 모퉁이를 뚫고 내려오는 광폭의 천지연폭포를 본다. 폭포의 물 내림에 제압되고 하얀 폭포에 매료되어 넋 나간 내가 한참 만에 정신을 차려 보니 희귀하다는 무태장어란 놈이 연못 바닥을 헤엄치고 다닌다. 연못도 그 옛날 참으로 신성하고 성스러운 곳이지만 무태장어란 놈도 귀하고 신성하다는 가이드의 말을 듣고 나니 나를 포함한 주변이 예사롭지 않게 느껴진다. 신성한 기운을 받아 마음의 평화를 얻고 싶은 마음에 폭포소리를 들으면서 돌난간에 걸터앉아 눈을 감고 세상에 귀를 막는다.

내일은 제주 산행의 최종 목적지 백록담에 가고 싶고 한라산 정상을 발아래 밟고 제주의 수많은 오름과 쪽빛 바다를 보고 싶다. 이른 아침에 잠에서 일어나 파도소리를 따라 바닷가로 나갔다. 제주 비행장 부근에 위치한 도루봉에서 해안으로 밀려오는 흰 파도와 갯내음이 배지 않는 바람은 아침 공기를 더욱 신선하게 만든다. 하늘은 맑고 구름 한 점 없다. 한라산 정상도 청명할 것 같고 정상에서 바라본 가시거리도 저 바다 끝까지 이어질 성싶어 산행이 여간 기대되는 날이다.

숙소인 테마하우스를 출발하여 8시 조금 지나 성판악에 도착했다. 배낭끈을 묶고 스틱을 돌리며 등산화를 견고하게 정비한 후 화산석으로 포장되고 인조목으로 잘 다듬어진 산행길을 따라 세상살이를 헤쳐 나온 삶의 지혜를 나누면서 한발 한발 쉼 없이 걷고 희망차게 발을 오르내린다. 10월 중순이라 남쪽 제주에서 단풍을 볼 수 있으리라 생각도 하지 않은 우리들이었지만 트인 시야에 내비친 숲속에서 발견된 엷은 노란색의 나뭇잎이 나무를 감싸고 있고, 일부 무더기의 숲은 주변 잎을 가을답게 물들이기 시작하고 있었다. 조용하고 깨끗한 가을 산에서 참으로 밝고 맑은 늦가을의 산 색깔을 본다. 맑고 고운 사람이 따로 없고 내가 그리되어 가는 듯싶다. 건강한 산속 오솔길이다. 자연을 느끼는 포만감이 온 몸을 휘감는다. 청량감 넘치고 뿌듯하다.

진달래 대피소에 다다르자 일찍 숙소를 출발한 육지의 여학생들이 눈에 보인다. 포항소속 해병대원은 한라산에서 체력을 등산으로 단련한다면서도 자기들을 향해 까르르 웃는 여고생에게 옅은 관심을 보이느라 충성으로 경례하는 것도 좋아 보인다. 가을 한라산은 자연을 사랑하게 하고 사람간의 관계를 새로이 만들어 낼 줄 아는 인연의 산인가 보다. 구불구불 인조목 산책로를 따라 오르니 정상이 저 멀리 보인다. 사람의 행렬이 위로 차츰 이동하면서 팔다리를 따라 몸은 정상을 향해 나간다. 마시면서 먹으면서 이야기 속에 발을 떼어 놓지만 몸은 여간 무겁고 힘에 벅차다.

정상의 하늘은 높고 햇살은 따사로운데 세찬 바람을 이기지 못한 나는 한기를 느낀다. 정상에 더는 머무를 수가 없어 우리 일행은 아쉽지만 하산을 결정한다. 긴 가뭄에 백록담은 지난날의 그 모습이나 연못에 담긴 물을 보여 주지 않아 아쉬웠다. 서귀포를 보고 범섬을 보는 것으로도 이만하면 족하다 생각하고 한라산의 너그러움에 감사한다. 오늘 산행도 이 정도면 되었다 싶어 발을 아래로 내딛는다.

관음사 쪽 하산 길은 정상에서 시작한 주목나무 숲으로 산림을 이룬다. 산 정상의 성판악 쪽과 관음사 쪽이 이렇게 바위와 숲으로 구분되어 다르다니 조물주의 능력이 경이롭고 조화의 섭리에 감탄할 따름이다. 하산 길을 따라 산등성이를 내려오니 왼편에 펼쳐진 청록의 산허리가 골프장의 파 5코스처럼 햇살을 받아 더욱 푸르고 친근하다. 지난번 구입한 익스프레스 드라이버로 휘두른다면 오늘의 최장 타자는 당연히 내가 될 것 같다.

깎아내린 절벽을 뒤로 하고 아래로 내려오니 세계문화유산으로 등재됐다는 삼각봉이 앞에 서 있고, 건너편 능선을 따라 펼쳐진 나무들의 가을 향연은 푸른 잎 사이로 단풍을 노랗고 빨갛게 물들이고 있어 운동회의 카드섹션을 연상하게 한다. 우리의 오감을 흔들고 마음을 기쁘게 하여 우리를 동심 속으로 내몰고 달린다.

누가 이런 색깔의 조화를 이룰 수 있단 말인가, 누가 이런 산림의 배열을 만들어 낼 수 있단 말인가. 경이롭고 신비스러울 뿐이다. 우리에게 아낌없이 산이 할 수 있는 모든 것을 내어 준 한라산의 값진 선물에 고마워한다. 오늘의 산행을 도와주신 한라산에 감사하며 10월 한라산 단풍을 오래도록 간직하고 싶다.

(2010년 10월)

후지산 등반

후지산의 겐가미네봉(3,776미터)은 일본 중남부에 있는 야마나시(山梨) 현과 시즈오카(靜岡) 현에 걸쳐 있는 일본 최고봉의 산이다.

나와 일행은 산행을 목표로 삼고 등산할 계획이지만 후지산을 찾는 사람의 목적은 각각이다. 예술인은 고독한 아름다움에서 영감을 얻고자이며 신도나 불교와 연관된 순례자는 의식을 행하며 경배를 드리고자 등산로를 찾는다.

도심이나 마을에서 나무나 건물 사이로 보이는 우뚝 솟아 있는 하얀 눈을 봉우리에 이고 있는 모습의 후지산은 신비로움 속에서 화가와 시인에게 영감을 주고 장엄한 산세와 간헐적인 화산활동에서 연유된 경외심과 신성함이 종교의식으로 변하였음을 산에 있는 신사나 오두막에서 볼 수 있다.

천 엔 일본 지폐에 있는 후지산 정경은 시즈가와 현 모토스코(湖)에서 바라보는 모습이다. 내가 묵었던 가와구치코(湖) 마을의 숙소도 후지산을 잘 볼 수 있는 위치다. 산을 배경으로 숙소 부근 공터에서 셔터를 몇 번 눌러 보았지만 전선줄이 걸리고 2층 건물에 가리어 마음에 든 사진을 촬영하기가 어려웠다. 일본인은 후지산을 많이 좋아하고 운전하다가도 후지산이 나타나면 멈추어 셔터를 누르는 사람이 많음을 보았다.

일본을 여행한 지 닷새가 지난 오늘 고대하던 후지산을 산행하고자 숙소를 나선다. 후지산 5부 능선(고고메)으로 가는 유료도로를 따라 차가 들뜬 기분으로 나아간다. 렌트카는 시간 속에서 3부 4부 능선을 지나 주차장이 있는 고고메까지 40여 분 만에 갔다. 두꺼운 옷을 입고 서울에서 들고온 스틱을 짚고 등산로를 따라 가는데 스바루라인(line)이 9월 10일 자로 폐쇄되었으니 요시다 트레일(trail)로 돌아가라 안내한다.

요시다 등산로를 찾아 15분 내려가니 포크레인이 산사태가 난 길을 보수작업 중이다. 기사에게 등산로를 문의하니 운전석에서 내려와 신사 비슷한 암자를 가리키며 올라가는 방향을 친절하게 안내한다. 7월 초의 밤 기온도 춥다는데 지금은 10월 하순이다. 추울 것으로 생각하고 내심 걱정하였는데 날씨가 온화해 입었던 옷을 벗어 가볍게 한 후 산행을 시작한다.

한 30여 분은 모래가 많이 섞인 화산 길을 편안한 마음으로 산행할 수 있어 고생하지 않겠구나 싶었다. 일부 등산로가 폐쇄한 시기여서 인지 보수하는 트레일러가 제법 눈에 뜨인다. 공사하느라 이

정표를 천으로 감싸 놓으니 등산로가 불확실하였지만 산사태와 낙석방지용 구조물(차단벽)을 따라 근 2시간 정도 미끄러지는 자갈길을 지나 암벽 길을 걸으니 산장이 갈지 자 비탈길을 따라 간격을 두고 앞으로 다가온다.

인적이 없는 산장에는 널판자를 놓아 만든 통로를 따라 옆으로 벤치 형태의 앉을 의자가 있어 산악인을 격려하고 쉬어 가라는 쉼터인 것으로 알고 있다. 붉은 벽면에 흐리게 찍혀 있는 칠합목(七合目, 나나고메)를 배경으로 일행은 각자 인증 샷을 찍었다.

폐쇄된 산장이라 화려한 입간판도 없고 인적도 없다. 보이는 것이라곤 산장을 폐쇄했다는 자물통과 무채색의 비닐봉투로 덮어 놓은 통뿐이다.

일렬로 올라가는 계단을 따라 쇠줄을 잡고 올라가니 얼마 못 가 땀이 나고 호흡이 거칠어진다. 고도가 높아지면서 귀가 간혹 울리고 머리가 멍해지며 숨이 가쁘다. 쉬면 좋아지고 나아가면 오래지 않아 다시 숨이 찬다. 흙길인지 자갈길인지 말하기 어려운 푸석거리는 등산길을 걸어 올라올 때는 밀리는 느낌이더니 7부 능선을 지나고부터는 완연한 암반길이 대세다.

돌길은 밀리는 느낌은 없지만 경사가 가파르고 고도가 있어 나를 지치게 하건만 몸에 보상이라도 하듯 남아 있는 등산길도 줄어가고 남아 있는 산장숫자도 서너 개로 압축된다.

산장에서 쉬겠다는 일행을 뒤로 하고 나 홀로 산장을 오르니 호흡은 마냥 거칠다. 눈앞에 보이는 눈에 쌓여 있는 산 아래까지 가면 좋겠다 싶어 다시 걸어 본다. 인간의 흔적이 등산길 눈 위에 보이지 않자 마음이 불안하고 오르고 싶은 욕망이 줄어들면서 오늘은 이 정도에 만족해야 한다는 생각이 머리를 맴돈다.

도착한 첫 번째, 두 번째 산장도 모두 자물쇠와 엎어 놓은 플라스틱 통만 호젓하게 놓여 있지, 인적은 커녕 사람이 지나간 흔적마저 없어 더 이상 진행하는 것은 상황으로 보아 무리다 싶었다. 이만 하면 나도 후지산을 산행했다 하는 마음이 들자, 종주는 다음 기회를 보자고 마음이 움직인다. 가슴에서 올라오는 뿌듯함을 안고 일행이 쉬고 있는 아래 산장으로 내려와 준비해 온 라면과 치즈에 고도 3천 미터 접근 기념주 한잔을 들었다.

내려오는 길은 올라가는 길에 비해 수월했고 맑던 하늘도 우리가 산을 떠나는 것이 아쉬웠는지 안개가 후지산 자락을 감추기 시작한다. 하산하는 발걸음은 체력이 회복되자 다시 가벼웠고 산의 변화무쌍함이 아쉬웠지만 오늘의 택일이 좋았음에 감사한다. 우리는 되찾은 맑은 정신으로 후지산을 이야기하고 오늘의 산행을 자화자찬하면서 여유를 부려 본다.

후지산 등산을 마치고 동경으로 가는 길에 하코네 온천호텔을 찾았다. 그동안은 아침저녁을 먹고자 식당을 기웃거리거나 슈퍼마트를 찾았는데 하코네에선 호텔이 제공하는 메뉴로 식사를 하고 온천욕을 즐기니 쌓인 피로가 절로 풀린다.

해안선을 따라 만들어진 수도고속도로를 타고 동경으로 가는 길에 서핑보드를 들고 가는 사람들을 본다. 이 지역은 날씨가 서핑이 가능하다는 것이고 경제력이 탈 수 있다는 것 일게다. 즐길 수 있는 자연환경과 여유 있는 경제구조가 부럽고 탈 수 있는 젊음이 더욱 부럽다.

긴자에 위치한 G-SIX백화점에 있는 쓰타야(TSUTAYA, 蔦屋書店)라는 서점을 찾았다. 담쟁이 넝쿨을 뜻하는 '조옥서점'과 같은 층에 커피 향을 진하게 풍기는 '스타벅스'가 있고 문구나 의류를 취급하는 부스가 함께 있다. 라이프스타일이 비슷한 고객을 서점이 플랫폼(Platform)이 되어 커피도 마시고 문구나 의류를 구입할 수 있는 기회도 제공하겠다는 신개념의 혼합매장이다.

판매에서 중요한 것은 사람을 붙잡는 것이 첫째이다. 서점에 찾아온 손님의 지성과 감성을 세련되고 화려한 인테리어로 인정하면서 취향이 같은 사람에 부합될 수 있는 상품을 진열하여 손님을 공유해 보자는 디스플레이 기법이다. 디지털, 스포츠, 문화예술 등에서 선발업체가 플랫폼이 되어 고객의 니즈를 맞출 수 있는 상품을 찾아 같이 판매하면 채산이 있겠다 싶다. 우리도 한번 추진해 봄직하다.

일요일에 긴자는 차량이 통행하지 않는 거리다. 지역사회가 빈 공간을 활용하는 행사를 열기도 하지만 때로는 국제적인 문화행사가 열리기도 하나 보다. 우리 일행이 긴자에 갔을 때 '세계미인대회'

에 출전한 미인들이 시민과 대화도 하고 사진도 함께 찍어 주는 인성테스트를 하고 있어 우리도 불란서, 이집트 등의 대표 미인과 사진을 찍을 수 있는 기회를 얻었다. 20대 외국의 여인과 함께 말하고 촬영할 수 있는 호기가 또 있겠는가 싶어서 자진하여 앞으로 나가 사진을 찍는다.

숙소인 오테마치역에서 한 정거장 거리에 있는 '황거'를 보고자 아침에 찾아갔다. 연꽃 해자가 있고 차량이 드나드는 다리에 해가 비치니 아치 기둥의 반원이 그림자와 함께 안경알처럼 보인다. 황거에 드나드는 차량전용 다리를 이방인으로서 무심코 바라본다.

나의 관심은 황거나 메이지신궁보다는 '황거'의 해자에서 자라는 수초를 걷어 내는 인부에게 애처로움을 느끼는 사유는 일본의 역사와 그들의 욕심을 알기 때문일 게다.

일본의 산과 호수를 보고 즐거움을 느끼는 것은 자연에 사심이 없어서이다. 미세먼지로 오래전 고통을 받던 일본의 공기는 맑고 깨끗해 보이고 우리보다 공기 질이 신선해 부러웠다.

그렇지만 사람도 국가도 사심에 사로잡혀 있으면 밉상스러운 것이 인지상정(人之常情) 아니겠는가.

(2018년 10월)

4부

가족에 대한
그리움

사랑받은 자는 나눌 줄 안다

나는 유교가 생활화되어 있는 보통 가정에서 나고 자랐다. 어른 방에서 나올 때는 소리 나지 않게 앞발로 걷고 방문을 닫을 때는 탁 소리가 나지 않도록 조심해야 한다고 들었다. 동네 아이와 어울릴 때는 배움이 있는 동무나 형과 가급적 놀도록 훈련받았다.

이념의 알력으로 동란의 아픔이 한 시대를 흐르던 시대에 유년을 상처받지 않고 자랄 수 있었던 것은 고향 마을의 문화적 환경이 싸움으로부터 우리의 성장을 보호했기 때문이라 생각한다.

호남정맥 아래 자리한 농촌에 터전을 가지고 있는 100여 호의 마을 사람은 모두가 같은 종씨이고 멀게는 다 친척이 되었다. 그러다 보니 문중 일을 두고 종파 간의 불협화음이 간혹 발생할 뿐 이해에 따라 생겨나는 집단 갈등이 없었다. 조용하고 환경적으로 고즈넉한 시골마을이라 그랬지 않았나 싶다.

자란 환경이 중요하다. 부모로부터 받고 자란 믿음이 남에게도 신뢰감을 줄 수 있듯 받고 자란 사랑의 크기가 남을 보살피고 배려할 줄 아는 사람을 만든다. 선생으로부터 듣는 칭찬이 나도 할 수 있다는 자신감을 키워 주고 사회로부터 듣는 긍정의 말이 정직한 사람을 키운다. 사회의 온정 어린 배려와 국가의 균형 있는 보살핌이 우리 시대에 맞는 시민과 국민을 키운다 할 것이다.

내가 일관된 자신감을 가지게 된 것은 외아들로 태어나서 받고 자란 사랑과 믿음에 기인했다 생각한다. 함박눈이 펑펑 내리던 겨울날 추위를 이기고 걸어오는 나에게 "너 참 강하다" 했던 동네 형과 "안녕하세요."라는 나의 인사에 아저씨가 해 주신 "너 참 인사가 밝다."는 칭찬에 더욱 활달하고 크게 인사를 잘하려 했던 기억이 떠오른다.

오락 등 잡기를 멀리 하라는 아버님의 말씀이 지금까지 잡기에 심하게 빠질 수 없는 이유가 되지 않았나 싶다. 맡은 일에는 최선을 다해야 한다는 부친의 말씀에 '수입업협회' 시절 재정 기반이 취약한 단체의 자립 기반을 확보할 수 있도록 묵혀둔 예금으로 공매 입찰을 통해 협회 건물을 확보하여 수입 기반을 다지는 일에 최선을 다하였다. 또한 대의가 아니면 참으라는 말씀에 분함도 참을 줄 알았고 서운함도 어렵게 넘길 수 있었다.

초등학교 4학년 때, 광주로 나와 유학하게 된 나는 성장과정 내내 부모를 떠나 혼자 살아서 그런지 나도 모르게 형성된 솔로 근성에 약간의 이기적 성향이 나의 기질에 내포되었지 않았나 싶다.

모임을 만들고 참석하고 벗들과 친교하면서도 상대방을 배려하는 것보다 나 중심으로 생각하고 사람을 대했다. 사랑을 준다든가 이웃을 가엾게 본다든가 하는 넉넉한 마음이 부족하고 모범과 정직만이 사람의 할 도리이고 반듯함으로 타협하지 않고 사는 것이 옳다 여기고 살았기 때문에 인간미 넘치는 사람이 되는 데는 미흡한 점이 있었다고 생각한다.

나에게 종교를 있게 한 친구는 중학교 동창이다. 친구의 전화나 편지 끝에는 항상 '사랑하는 친구에게'로 시작하여 '사랑하는 친구가'로 끝을 맺었다. 사랑을 남녀 사이의 사랑으로 한정된 개념으로 이해한 나로서는 친구의 사랑이라는 표현이 몹시 어색하고 거북살스러웠다. 한참 후에야 친구가 사용한 사랑의 개념이 인이요 자비라는 개념보다 넓고 폭이 있는 아가페임을 알았고, 친구의 표현에 민망해 하면서 곧잘 지었던 나의 어설픈 표정을 반성한다. 이제는 친구가 하는 표현에 대한 나의 마음을 이제는 엷은 미소로 답할 수 있어 좋다.

남을 배려할 줄 알며 타인의 단점보다 장점을 찾아 칭찬해 주는 열린 마음으로 사랑을 흘려보낼 수 있는 사람, 그런 자녀를 양육하는 것은 내 자신이 먼저 그런 사랑을 실천하는 삶을 살아야만 가능하리라 믿는다. 성공한 사람의 삶을 명예나 돈이 많고 적음에서 찾을 수 없듯이 입신과 직책 또한 성공의 기준이 될 수 없다. 사람에게 존경을 받는 사람의 삶만이 성공한 삶을 산 사람이라 생각한다.

특정 집단에서 존경 받았다 하여 모두가 성공한 삶을 산 사람이라 할 수는 없다. 집단의 이익을 위하여 성과를 낸 사람은 집단의 이익에 기여했기 때문에 당해 집단의 추앙을 받을 수 있겠지만 그 집단과 이해관계가 다른 집단으로부터는 또 다른 평가를 받을 수 있기 때문이다.

모든 사람으로부터 받는 존경은 자신의 희생 속에 남을 위한 혜아림과 나눔이 있어야만 가능하다. 금전적 희생이건 육체적 활동이건 나의 것을 남을 위해 아깝다 하지 않고 내어 놓는 곳에 아름다운 베풂이 있고 사랑이 있다. 세상의 어떤 기부 행위가 사람의 공감을 얻지 못함은 재산 관리를 하기 위한 기부이거나 큰 사업적 이익이나 손실을 막고자 한 기부이기 때문이다. 조건 없이 나누고 베푸는 것만이 진정한 기부이고 사랑을 실천한 기부이다.

사랑하고 싶은 마음도 사랑을 실천하는 마음도 태어나자마자 싹트는 것이 아니다. 유년기를 거쳐 평생 어느 한동안이라도 누군가에게 사랑을 받아 보아야 하고 느껴야 남을 사랑할 수 있고 실천이 가능하다. 가정에서 사랑을 키우고 사회가 사랑을 인정해야 할 이유가 여기에 있다.

사랑을 느낄 수 있는 환경에서 자란 사람은 어느 때인가는 나눔을 생각하고 남을 사랑하는 삶을 살아갈 것이다. 일상 생활에서 누군가에게 나눔과 도움을 주는 사랑을 실천할 것이다. 이런 사회가 우리가 원하는 사회가 아닐까.

(2011년 8월)

지혜의 동반자, 사회생활

직장 부근에 집이 있기를 원하는 막내아들의 직주(職住) 근접(近接) 수요에 화답하고자 결정한 이사지만 5월의 우리 집 이사 결단은 지금 생각해도 잘했다. 우리도 만족하고 아들도 흡족한 상태의 선택이라 생각한다.

시간은 인간의 삶에 필요한 많은 생존 요소 중 하나이나 많은 것을 생각해 내고 필요 가치를 창출하는 일에 많은 역할을 한다. 육아 교육이 절실하고 무엇인가 가치를 세우고 이루어 보겠다는 혈기가 왕성한 젊은 시절의 시간이 금(金)이라면, 지키고 계승하는 곳에 가치를 두어야 할 나 같은 '전랑(長江後浪 推前浪; 장강의 뒷물결이 앞 물을 밀어낸다)'의 시간은 은(銀)에 비유할 수 있겠다.

학교를 졸업하고 직장에 출근할 때면 부모들은 사회에 첫발을 내딛는 자녀를 불러다가 사회생활의 중요성과 성공할 수 있는 비결을 나름대로 전수한다. 기본적인 예절과 규칙은 잘 지키고 할 일을 찾아 하라, 사람을 귀하게 생각하고 감정을 조절할 줄 알아야 하며 남의 잘못도 이해하고 대범하게 넘어갈 줄 알아야 한다는 등이다.

올바른 사회생활은 직장 활동을 원만하게 하면서 능력을 인정받고 주변 사람과 원만한 관계를 유지함에서 이루어진다. 학교에서 공부도 열심히 하면서 친구를 사귀고 선생님에게 인정받을 수 있는 생활을 익히라는 것과 본질이 같은 사회적응 요령이다. 사람과의 관계를 돈독하게 하려면 예절이 필요하고 신의가 있어야 된다는 것이다.

어르신 호칭을 듣는 나도 요즘 사회생활의 필요성을 새삼 느낀다. 교육과정을 거치지 않고도 배우고 익히는 사회생활은 누구에게나 언제나 필요하지 않겠는가. 사람들이 살아가는 삶을 보고 자신의 부족함을 채울 수 있는 방법을 깨우치고 습득하는 생활학습은 모두에게 중요하다. 어린 아이들은 유치원이나 놀이터에서 사회의 규칙과 생활 편리를 보고 배운다. 아이들의 이러한 놀이 활동이나 유치원 학습이 사회생활이라 하겠다.

세상의 변화를 보고 느끼면서 그렇게 되어 가는 세상의 흐름을 터득하거나 나만의 방법을 찾아가는 것이 우리가 사회생활을 하는 이유이다. 사람들의 삶 속에서 새로이 형성된 사회 규칙이나 신의와 예절을 우리는 보고 느끼면서 주저함 없이 그것들을 받아들인다. 세상을 배우고 익히는 사람의 일상을 설명하는 용어로서 사회생활이라는 언어만큼 함축적이고 타당한 말도 쉽게 찾을 수 없을 것 같다.

두 살이 되려면 아직 대여섯 달 남는 때에 동생을 보게 된 손자가 있다. 엄마로부터 그간 받은 보살핌과 사랑을 이제는 동생에게 양보하고 집에서 장난감과 함께 하루를 지내는 것은 슬픈 일이고 짜증나는 일인지라 떼쓰는 일이 많다. 손자의 소외감과 상실감을 위로해 주고자 일주일에 한두 번 아들이 일찍 집에 돌아와 손자의 손을 잡고 동네를 돌거나 시장을 다녀오면 며느리가 손자에게 "사회생활을 하고 왔어요?" 한다. 그 말을 한두 번 듣고 사회생활이라는 말에 위트가 있고 행위와 표현이 잘 어울린다 싶었다. 손자도 집 밖으로 나가는 것이 즐겁고 좋았는지 돌아와서는 무척 밝고 수다스럽다. 사회생활의 순기능이라 하겠다.

알고 지내는 사람이 많지 않은 요즘의 오산 생활은 산보가 소일거리고 식당 가고 시장 가는 것이 우리 부부의 사회생활이다. 서울에 나갈 일이 없거나 모임이 없으면 시장이나 마트로 나가 필요한 것을 사거나 눈요기를 한다. 우리 사이도 많은 가족과 함께 살던 지난날의 서울 생활보다 더 가깝고 다정해졌다.

지방 생활의 이것저것이 나에게는 그런 의미의 신종 사회생활이라 여겨진다. 마트 등 시장에 가서 물건을 사는 노하우(방법)를 이해했고, 산행에서 잃어버린 카드키를 복제하고 비밀번호를 변경하는 방법도 관리소를 찾아 배웠다. 카드키를 카피하는 복사 절차를 알아가는 것이 나의 사회생활이고 잃어버리고 나서 느낀 막연한 불안감을 해소할 수 있는 방안이 조금 전 터득한 사소한 지식이나 수작(컨트롤)방법이라는 것을 경험한다. 로비 출입을 위하여 필요한 세대별 월 패드(wall-pad)에 비밀번호를 입력하고 변경하는 행위도 새로운 경험이고 세대 현관문을 열기 위해 도어록의 기존번호를 삭제하고 다시 설정하는 방법을 알아 가는 것이 나의 사회생활의 결과다. 마트에서 물건을 잘 사는 방법은 화폐만 지불한다고 되지 않고 두 팩을 한 팩 값으로 사는 타이밍을 잡는 데에서 만족도가 더 높아지고 경제적으로도 유익하다는 것을 사회생활에서 알아간다.

말로만 듣던 SRT가 다니는 동탄역의 교통시설을 체험하고자 찾아간 역사에 지붕이 없다는 사실에 역사(驛舍)에 대한 고정관념이 깨어진다. 지하 2-3층에 주차장이 있고 그 아래층에 고속전철의 매표소와 승강장이 있다는 것을 알아가는 것도 새로 알아야 할 사회생활이다. 경부고속도로에서 보이던 동쪽 동탄의 초고층 아파트를 보고 그간 표해 왔던 경이로움도 다닥다닥 붙어 있는 느낌의 동간거리에서 이내 사라진다.

마천루 같은 높이에 비해 협소한 동간거리를 보면서 한정된 재원으로 화려한 겉모양도 만들어야 하고 기반시설을 조성해 나가기 위해서는 여유롭고 멋스러운 자연을 환경으로 누리기가 쉽지 않겠다는 결론을 내가 아는 것도 사회생활의 결과이다.

주변도시에 비하여 탄탄한 신도시 동탄의 기반 시설에 무임승차하고 싶은 건설업자의 사업행위가 조금은 얄미웠으나 인접지역에

택지를 조성하여 국민주택 규모의 아파트를 짓는 경제활동도 합리적 경제행위이자 이윤극대화 방안이라는 것을 깨달아 가는 것이 나의 사회생활이다.

사용하던 에어컨을 이사하기 위해 끊는 데도 화폐가 필요하고 이사 갈 아파트에 설치하는 작업에도 돈이 필요하다. 가스가 부족할 수 있다는 말에 예(yes)를 쉽게 안 하는 것도 사회생활이고 건축물에 매립된 동관을 청소하자는 권유를 합리적으로 거절할 수 있는 사유를 찾는 것도 사회생활에서 배운 것이다.

아래층 천정에 떨어지는 배수관 물소리를 들을 수 있는 위층은 누수책임에서 제외될 가능성이 높다는 현장의 사실을 아파트 수도관과 배수관이 분리되어 시공되어 있다는 점에서 유추했고, 떨어지는 물방울 소리를 크게 들을수록 누수 지점과 나의 위치가 더욱 멀어질 수 있다는 현상의 사실을 알아가는 것도 나의 사회생활이다.

8년 전 나의 어머니가 1년 가까이 이 집에서 나와 함께 생활할 때만 해도 아파트 앞 어린이 놀이터에는 뛰어노는 아이가 많지 않았고, 놀이터 옆 벤치에는 나이 드신 어르신이 많이 앉아 계셨다. 지금은 젊은 아낙들이 앉아 있는 모습이 주류이고, 간혹 어르신이 섞여 앉아 계신다. 아파트에 이주해 오는 젊은이 때문에 생동감이 넘쳐나는 것은 좋은 일이다. 나도 활력을 보태는 데 일조하고 싶어 이웃에게 먼저 인사하고 착한 사회생활을 솔선하겠다 다짐한다.

여름방학이 되면 오산 집에 가고 싶다는 장손자의 바람이 이루어졌는지 며느리가 일요일 본당 예배가 끝나면 집에 들려 식사도 하시고 손자들을 오산으로 데려갔으면 한다. 손자 손님이 온다는 기대감에 마트를 차로 다녀오면서 큰 아들의 옛일이 생각났다. 대학생 시절 고모에게 사드린다고 큰소리쳤던 외제차를 두고 누이들은 명절을 맞아 집에 찾아오면 언제쯤 차를 사줄 것이냐 하고 묻고 놀려댄다.

지나간 약속과 지금의 경제력에 멀뚱거리기만 하던 큰아들을 생각하면서 내가 아내에게 묻는다. 아들들이 우리가 차량을 바꾸어 달라면 그렇게 하겠지 했더니 틀림없이 바꾸어 준다는 확신에 찬 답을 한다. 듣는 나도 웃고 대답하는 마누라도 소리 내어 웃었다. 경제적 능력이 벅차고 마음속에 손자들이 자리하고 있는 아들들의 현실이 우리가 확신한다고 해서 그대로 실현되겠는가? 확신은 현실과 다름을 부부가 알았기에 동시에 웃고 눈을 다시 보고 웃음을 또 만들어냈다. 가족을 믿고 이웃을 믿음의 눈으로 보려는 우리의 자신감이 오늘 느낀 나의 사회생활이다.

내가 수십 년 동안 생활해 왔던 사회공간과 앞으로 생활해야 할 사회공간은 분명 동일 선상에 있지만 시대의 변화와 세대를 따라 새로이 형성될 것이고 다듬어진 생활 패턴에 따라 나의 세대가 이해하기 어렵고 적응하기 쉽지 않게 변화되어 가게 될 것이다. 인터넷문화나 앱을 이해하면 젊은 세대와 교류하고 소통하는 것이 원활해진다 한다. 인터넷문화를 알아가는 것이 젊어지는 길이며, 외롭지 않게 살아가는 우리들 삶의 지혜라고 새삼 느낀다.

　다른 지역이라는 섬에 홀로 떨어져 있으면서 아들 며느리가 그간 해결해 주었던 일을 나 스스로 해결할 필요가 있어 나에게 사회생활은 더욱 요구되겠다 싶다. 사회시스템의 발전과 함께 합리적으로 분화되어 가는 문화 속에서 우리는 생각의 유연성을 확장해야 한다. 시대정신에 따라 대두되는 변화와 개혁은 수용해야 마땅하나 이념을 관철하고자 하는 사이비성 꼼수는 짚어야 하는 것이 우리의 사회생활이기도 하다. 오불관(吾不關)이라는 생각도 아니 되지만 그렇다고 하여 무분별한 추종까지는 정말 곤란하다.

　사회 발전은 신념 있는 사람이나 집단에 의해 이루어지나 쌀알에도 뉘가 있듯 자기를 희생하지 않는 자의 설득 또한 그럴듯하게 보인다. 사이비를 가리는 기준은 자기 이익이냐 시민을 위한 마음이냐에 달려있지 않을까. 나의 생활 영역 안에서 휘둘리지 않으면서 소통에 장애가 되지 않도록 더 많은 지식과 경험을 얻을 수 있는 우리의 사회생활은 더욱 필요하다 생각한다.

(2018년 6월)

노년의 어머니를 보며

어머니는 오늘 아침도 일어나시자마자 복도를 따라 거실로 곧바로 나오신다. 무엇인가를 확인하고 싶으신 듯, 이곳은 어디인가 이 방 저 방을 기웃거리신다. 당신이 이 집에 왜 와 계신 것인지 알 것도 같은데 모르시는가 보다. 알지 못하는 방에서 주무시고 나오신 것을 미안하고 염치없어 하신다. 아들인 내가 누구냐고 물으면 친정 조카라 답하신다. 그러면서 죽어야 할 터인데 그러지 못해 주변에 피해를 끼치고 있다고 하신다.

아들인 나도 몰라보신 어머니의 말씀과 태도에 처음에는 화도 내보았지만 주무시고 일어나신 아침에는 나를 친정 조카라 말하시는 횟수가 차츰 늘어나신다. 어머니는 거실 소파에 앉아 한동안 자신을 성찰하고 나서야 정체성을 찾으시고, 내가 당신의 아들이고 며느리가 부엌에서 식사를 준비하며 손자들이 출근하기 위해 바삐 움직인다는 것을 아신다.

어머니(최향숙, 崔香淑)는 내 고향(柳川) 아래 마을에서 태어나 혼인 전까지 그 마을(아랫소내)에서 사시다가 아버지와 혼인하셨다. 그로 인해 택호도 같은 동네를 뜻하는 일촌댁(一村宅)이시다. 위아래로 동네이름은 다르지만 고향에서만 근 90 평생을 사시고 난 후 서울로 거처를 옮기셨다. 아버지가 돌아가시고 25년보다 약간 많은 세월을 혼자 계시다가 3년 전쯤 우리들이 살고 있는 서울로 거처를 옮기셨다.

하루에도 한두 번씩은 고향을 떠나온 지가 오래되었으니 이젠 고향에 가서 콩도 심고 밭도 가꾸어야 할 계절이므로 내려가 있고 싶다 하신다. 서울에 계신 것을 잠깐 다니러 오신 걸로 착각하신다. 기억력이 간혹 왔다 갔다 하는 것을 건망증이라 하지만, 최근 있었던 사건 중심으로 숫자 개념과 시간 개념을 잊어버리면 치매라 한다. 초기로 여겨지신 어머니는 식사도 잘 하시고 잠자리에서 일어난 후 잠깐 동안을 제외하고는 기억력도 좋은 편이며 화장실도 청결하게 사용하신다. 사람들이 예쁜 치매를 앓으신다고 한다. 어머니의 건강에 감사하며 청결하시려는 어머니의 의지를 격려하며 이 상태가 지속되기를 기도드린다.

양수리 등 남한강변을 드라이브하고 남한산성을 거쳐 집으로 올 때면 성남시의 수많은 저녁 불빛을 보시고 "온 입에 다 풀칠시키기 위해 수고하신 나라님도 참 힘들 것 같다."는 흘리신 말씀에서 도시생활의 어려움을 표현하시고 염려하시는 것을 듣는다. 나는 건강

걱정을 좀 줄여도 되겠구나 하면서 내심 안심한다.

TV 드라마에 나오는 불륜을 보시고 "허튼짓하는 사람은 자기 신세가 고달픈 것이다."는 경고성 말씀을 들으면서, 시청 능력도 그런대로 좋고 가치를 판단하시는 것에도 그런대로 무리가 없구나 생각하며 오늘을 보낸다. 나이 들어 힘 부치고 기운 떨어지면 누구나 겪어야 할 일이지만 고집 부리지 않으시고 자기를 주장하지 않는 어머니께 감사한다.

어머니는 혼자 방이며 마루를 다니시다가 양말도 정리하고 가벼운 청소도 하신다. 손 잡히는 일이 없으시면 시골에 있는 서당골에 위치한 큰 밭과 아래 밭, 폭골 밭이 몇 마지기이고 구경들과 회관 앞에 있는 논이 얼마인가를 손가락으로 헤아리신다. 나주댁이 어떤 성품이셨고 광주댁이 어떠했으며 큰어머니는 어떤 분이셨는지를 읊조리셨다.

어머니의 기억은 사실과 차츰 달라지기 시작하고 논밭의 마지기 숫자도 시간 따라 맞지 않는다. 그래도 계속하신다. "예." 하는 나의 대답이 서운하신 눈치다. 어머니를 서운하게 하는 것은 응답이 시원하지 않는 아들의 태도였지만, 눈앞에 없는 딸들에게도 쓴소리를 날린다. "딸자식 키워야 아무 쓸모없단다. 그래서 옛날에는 딸을 낳으면 서운했다."고 하신다. 나보고 잘하라는 듯 나를 바라보신다.

당신이 알고 궁금해 하는 시골 이야기를 하시자는 것일 게다. 말씀 들으며 놀아드리는 게 어머니가 바라는 것임을 훤하게 알면서도 반복되는 말씀에 매번 대꾸해드리지 못해 죄송스럽다. 아들형제가 많아 집집이 돌아다니시면서 대화하고 시골 일을 이야기하셨더라면 덜 외로우실 터인데 하는 생각에 나의 얼굴은 미안함에 앞서 다시 붉어진다.

어머니는 죽음을 가끔 말씀하신다. "복 중에서 자식 복, 남편 복도 있어야 하지만 죽음 복을 타고나야 한단다." 고생하지 않고 저 세상으로 떠났으면 좋겠다는 말씀일 게다. 자식이 부모님을 돌아가게 하여 달라고 기도할 수 없으니 어머니 스스로 하나님께 거두어 달라고 기도하시라고 말씀드린다. 속으로는 몰라도 겉으로는 기도하시는 것 같지 않다. 생에 대한 애착이 많아서라기보다 삶의 욕구가 본능이기 때문에 어머니도 그러실 게다.

어머니가 서글퍼 하지 않게 누나나 여동생들이 자주 찾아 주었으면 좋겠다. 방문하여 지난날의 시골이야기를 함께 나누었으면 더 좋겠다. 새로운 일들을 입력하고 기억하기가 힘드신 어머니는 시골 생활의 옛일들이 생각나고 누나 동생들과 함께한 세월들이 그리우신 것이다. 듣고 보고 싶은 것은 과거를 잘 알고 있는 아들딸과의 대화에서 찾을 수 있을 것이고, 그렇게 하시는 것이 어머니의 정체성을 찾고 행복을 느낄 수 있는 묘안이기 때문이다.

요즘은 지나간 일들도 많이 잃어버리신 것 같다. 십여 년 전 나는 중국의 북경과 장춘을 업무차 방문하면서 해방 전 사 년 가까이 부모님이 생활하셨던 길림성 신장진 조선촌(朝鮮村)을 찾아본 적이 있었다. 구체적 행정구역을 기억하지 못해 조선인 촌 부근에 포도주 공장이 있다는 말씀을 바탕으로 지린성(길림성)의 부성장(조선인)께 협조를 부탁하였던 것이다. 출장길에 다녀왔던 포도주 공장에 대하여 이야기했더니 기억에 없으신지 반응이 시원하지 않다. 젊은 시절 만주(길림성 유수시 신장진)에서 사셨고 조선인촌에서 경상도가 고향인 김 씨 아주머니와 잘 어울리며 사신 것까지는 지금도 기억하신다. 그곳에 포도주 공장이 있었다는 것은 까맣게 잊으셨는지 모르신단다. 세월의 흐름 속에 아들 딸자식도 가물가물한데 어찌 포도주 공장을 기억하시겠는가. 어머니께 세월의 흐름은 모든 것을 무상하게 만드는가 싶다.

어머니가 지나간 세월과 특정 사실에 반응할 때까지 기다리지 않고 반응을 유도하여 어머니 스스로 깨어날 수 있도록 대화하는 것이 나의 살가운 어머니를 되찾을 수 있는 빠른 방법이라는 점을 다시 느낀다. 기억이 살아나야 응답을 하시고 함께 생활했던 지난날을 이야기하며 정을 나눌 수 있으니 더 많은 노력이 필요해야 할 듯싶다. 그 간의 부족함을 생각하며 우리 남매 모두는 어머니의 삶이 많이 남지 않음을 깨닫고 흘러간 세월은 되돌릴 수 없다는 것을 알면서 어머니와 더 많이 접근하려는 노력을 할 때라 생각한다.

(2010년 12월)

그리움과 꿈

지난밤 긴 시간의 수면을 취했건만 아침이 상쾌하지 않다. 무더위에 뒤척거린 탓도 있지만 모처럼 꾼 꿈자리가 야릇해서일 것이다. 어머니가 고향집 부뚜막에서 콩인지 깨인지를 볶기 위한 일상의 평소 모습인데, 주걱을 뒤집거나 젓는 행위를 하지 않고 쪼그리고 앉아 있는 정지된 상태의 꿈 때문이다. 왜 어머니는 부엌문을 들어서는 아들을 향해 고개를 돌리지 않으셨으며 말씀도 없으신 채 부동의 그 자세를 유지하시었는지 궁금했고 꿈속의 나에게는 부동의 자세가 내심 두려웠다.

일주일 한두 번 찾아뵙는 흐름을 깨고 어머니의 근황이 궁금해서 토요일 오후 중참 때가 되어서 요양원을 찾았다. 저녁 식사시간이 다가옴에도 주무시는지 기력이 원활하지 못하여서인지 눈을 뜨지 않고 계신다. 들고 간 소고기버섯죽을 식사 때 챙겨드리도록 부탁하고 무더위 속의 양재천을 걷고자 요양원을 나왔다. 비 온 뒤끝이라 걷기에는 습도가 있고 기온도 높지 않아 조금 걷다가 천을 가로지른 생태다리 양쪽 난간에 조성된 넝쿨처럼 흘러내린 붉은색 화분의 열병식을 보면서 예쁘고 아름답다는 생각이 머리를 스쳐간다. 어머니께 저녁식사를 떠서 잡수시게 한 후 집에 갈까 하는 당초의 계획에 아무런 미안함도 느끼지 못하면서 다리 위를 왔다 갔다 한다.

차를 몰고 집으로 오는 중에 어머님의 호흡이 곤란하여 119를 불렀다 하면서 어느 병원으로 모시는 게 좋겠느냐고 요양원 원장이 물어온다. 다급한 전화 목소리 한 통에 기운이 빠지고 정신이 혼미하다. 지난 밤 꿈이 지금의 상태를 사전에 알리는 조짐이었나 싶다. 강남 성모병원으로 차를 몰고 가면서도 어머니의 안위가 걱정이 되고 불상사가 일어날 때를 생각하니 수습할 일이 암담하다. 결국 와야 할 날이 나에게도 어머니께도 오는가 여겨진다.

병원 응급실에 누워 계신 어머니 모습이 초라하다. 당당하고 인자하시던 어머니는 간데없이 앙상한 뼈에 깡마른 모습의 참으로 처량한 노인만이 계신다. TV 속 환자 모습 같은 어머니를 보니 눈물이 난다. 왜 이 모습이어야 하나 왜 깡말라야 하며 왜 앙상한 뼈가 나와야 하나. 늙음은 우리를 왜 이처럼 초라하게 만드는가. 신체의 기능이 퇴화되어 섭취하지 못하고 근육에 저장된 지방을 에너지원으로 지속적으로 사용하다 보면 그리 될 수밖에 없다는 것을 지식으로는 알면서도 어찌할 수 없는 내가 싫고 이를 극복시킬 수 없음에 한탄스럽다.

몇 시간에 걸쳐 피를 뽑고 조사하고 혈압 수치를 재고 심장 박동 수를 확인한다. 그리하고도 부족했는지 뇌혈관 흐름을 CT로 찍고 엑스레이로 폐를 또 찍는다. 밤 10시쯤 모든 검사 결과가 나왔는데, 98세 노인으로서 정상이니 퇴원하라 한다. 어머니의 상태가 보다시피 난민처럼 궁핍해 보이고 기력이 쇠잔하시니 며칠간만 입원하여 기력을 회복시키겠다고 하는데도 3차병원의 진료규정이 그리할 수 없다는 대답이다.

매몰차기가 얼음 같은 병원이고 의료인의 마음 또한 이미 다른 곳으로 나갔다. 의료 시스템도 야속하고 의료정책도 전혀 여유가 없다. 쇠잔한 기력은 어떻게 회복하고 탈진한 몸은 무슨 수로 복원해야 하는가, 나의 무능함이 싫고 답답하다.

나의 무능함이 하나 또 생각난다. 119로 어머니를 이송할 때 소방대원이 심폐소생술이 필요시 인공호흡을 하겠느냐 물어 왔다. 왜 그러냐고 물으니 가슴 압박 시 갈비뼈가 부러지는 수가 있고 부러지면 그것으로 인해 회복이 불가능하다 한다. 이 또한 내가 어찌할 수 있겠느냐 심폐소생술이 필요하지 않기만을 바랄뿐이다.

암 같은 중병에서나 뇌혈관 파열 때도 어머니 연세가 98세라는 이유로 어찌하지 못하고 우물쭈물하는 무능력만을 보일 수밖에 없지 않느냐는 것이다. 나이 들어 죽는 것은 마땅하나 그렇다고 나이 들었다고 죽는 게 타당하다는 것은 아니지 않은가. 병원과 의료당국은 삶의 존엄을 숙고할 때가 왔다 싶다.

병원에서 보는 환자의 애잔함을 산 자의 고통으로 끝을 내려 하는 우리 세상이 불쌍하고 이런 세태를 따를 수밖에 없는 나 또한 처량한 사람이다.

병원사건 이후 요양원에서 어머니를 뵈었다. 숨이 헐떡거리지 않다 뿐이지 먹고 마시기가 어렵고 호흡이 벅차고 움직임이 없는 것이 평소의 98세 노인이시다. 어머니의 점심식사가 끝나고 내가 일어서려 하는 때에 어머니의 눈시울에 눈물이 흐른다. 아들이 떠나지 않았으면 하신가 보다. 십여 분을 머뭇거리다 슬그머니 나오면서 어머니에 대한 아들의 사랑도 한계가 있구나 싶어 씁쓸하다. 생활인이라고 위안해 보지만 시원하지 않다. 무능력함이 너무 많고 베풀 수 있는 마음 씀 또한 한계가 있다 보니 지금의 내가 참 싫다. 평온하고 자상한 어머니의 모습을 더 이상 볼 수 없을 것 같다. 어머니의 눈물을 생각하니 나의 마음도 눈물로 변한다.

어머니는 성모병원을 나와 10여 일 동안 요양원에 계시다가 거칠어진 호흡 때문에 S병원을 경유하여 J병원에서 5일간 입원하셨다. 사람의 존엄과 생명 중시를 최대 가치로 삼고 이를 위해 매진해야 할 병원이 환자에게 행하는 검사가 많고 어설프며 퇴원하려는 환자에게 매달아 놓은 수액과 혈액, 그리고 처방 약물이 너무 많다. 처방 약물에 무슨 비법이 있는지 투약이 완료되기 전까지 퇴원이 통제되고 옮겨가고자 한 다른 병원으로 약을 못 가져가게 한다.

병원의 매출 목표를 연관시키고 싶지 않지만 의료 종사자들의 진료 행태가 나를 슬프게 하는 현상이다. 어머님은 이후 친구가 경영하는 브니엘 요양병원에서 생명연장 수술을 제외한 모든 치료를 받으시다가 편히 하늘로 가셨다.

　작열하는 8월의 태양 아래 배롱나무 붉은 꽃은 안산과 밭 자락을 온통 붉게 물들이고 있다. 참으로 아름답고 예쁘다. 이런 영화를 보시려고 그러한 고통을 견디셨나 싶다. 어머니의 몸은 배롱나무 꽃길을 헤치고 아들딸의 발걸음은 어머니의 운구를 따른다. 붉고 화사한 백일홍 꽃과 널따란 풀밭에서 펼쳐진 어머니와 자식들 간의 이별이다. 누가 막을 수 있고 누구를 탓할 수 있겠는가. 어머니는 하늘의 명을 받아 하늘나라로 시집가는 것이라는 시골 목사님의 설교말씀이 가족 간의 헤어짐을 간명하게 설명하신다.

(2016년 8월 8일)

아련하게 생각나는 가족들

할아버지 초상날

쌓아 놓은 화목과 함께 타오른 장작불에서 나는 할아버지를 생각한다. 계사년(1953) 정월 초하루의 맹추위를 이겨내려는 듯 온 마당을 향해 활활 타올랐던 화톳불이 나의 유년기 의식 속의 기억 한 토막이다. 삼베로 만든 옷을 걸쳐 입고 굴건을 한 후 상장(지팡이)을 짚고 서 애통해 하시는 숙항열의 성복제를 보고, 다섯 살배기의 나는 슬픔에 동참한답시고 영정이 보이는 사랑채 부엌에서 바가지를 쓰고 부지깽이를 짚은 채 아이고를 연창했다. 그 모습이 어른들에게는 우스웠던지 초상집에 때 아닌 웃음소리를 나오게 한 원인이 되어 나는 밀침을 당한 후 부엌 바닥에 구르던 잔영이 생각난다.

선잠 속에 깨어난 나를 툇마루에 걸터앉아 미동도 하지 않은 채 쳐다보는 낯선 문상객과 너울거리는 화톳불 빛에 따라 흔들거리는 물체의 잔영이 문창살에 일렁거리던 형상이 두려워서 소스라쳤던 장례식 날의 그 밤이 기억난다. 문상객은 무엇 때문에 하염없이 앉아 있다가 어린아이를 놀라게 하고 울음을 터트리게 하였는지 지금도 궁금하다. 살아계셨다면 물어나 봤으면 좋겠다.

네 살 무렵 기억의 단편

호남 정맥의 한 구간을 마을 뒷산으로 삼고 있는 고향은 산골마을이다. 백아산(화순지역의 산명) 공비의 심야 출몰이 간혹 있었던 동네인데, 대여섯 명의 공비가 한밤중에 우리 집에 나타났다. 마당에 있는 대장의 명령에 따라 벽과 장롱 사이를 샅샅이 뒤지던 공비가 별 소득이 없자, 이번에는 옷가지와 사용할 만한 물건을 찾고자 농을 뒤진다.

방구석에 펼쳐진 처녀보대기를 들추자 네 살 배기 나는 누나와 함께 구석에 처박혀 앉아 있다가 공포에 질려 울음을 터뜨리자, 이내 총부리를 겨누면서 "갓난 새끼 쏘아 버릴까 보다." 한다. 이어지는 "아새끼니 놓아두라." 하는 대장의 말이 그날의 나의 생사를 갈랐다 싶다. 대장의 선심에 감사해야 할지 인성 나쁜 빨갱이를 지금이라도 욕해야 기억이 사라질지 모르겠다. 사람의 기억은 기쁨이나 공포가 극한일 때 잊히지 않나 싶다.

이 무렵 잊히지 않는 또 하나 기억은 마을 청년들이 마을 어딘가에서 누구인가가 숨겨 놓은 따꿍총(연발총)을 찾아 공터에서 공중을 향해 쏘았는데 예상하지 못했던 실탄 한 발이 터지는 바람에 마을이 혼비백산이 되고 사람들의 놀란 웅성거림이 내 기억에 아직 남아 있다.

아버지의 믿음

초등학교 3학년 말 통지표에 기록된 음악 과목 성적 '가'를 '미'처럼 하고자 'ㄴ'을 덧붙이고 'ㅏ'에서 삐침을 지워 만든 '미'를 보고서도 아버지는 아무 말씀이 없으셨다.

겨울철 북쪽 길을 향해 가야만 나오는 초등학교 길은 멀고 몹시 추웠다. 동네 아이들과 등교하다 가기 싫으면 뚝방 아래 양지 바른 쪽에 자리 잡고 앉아 도시락도 먹고 불도 지피면서 놀고 있다가 수업을 끝마치고 집으로 오는 친구들이 먼발치로 보이면 나도 학교 다녀오는 양 신작로를 따라 앞서 집에 왔던 기억이 난다.

아들의 얼굴에 숯검정이 묻고 옷이 연기에 그을림을 보시고 말씀이 없으시던 아버지의 결론은 4학년 초에 나를 광주로 전학 가게 하는 것이었고, 이로 인해 사촌이 선생으로 재직했던 중앙초등학교가 나의 모교가 되었다. 광주에 있는 큰집 작은집을 오가면서 초등학교를 졸업했다.

전기 중학교 입학시험을 보았으나 낙방한 사실을 고향에 계신 아버지께 전하고자 시골을 찾아가 뵈었더니, 서당골 밭에 붙어 있는 방천에서 미루나무를 심고 계셨다. 한동안 말씀이 없으시더니 때가 늦지 않게 나무는 심어야 하고 때가 되면 공부도 열심히 해야 한다 하셨다. 아버님의 사랑에 감사하고 미안했던 그때 나의 마음이 지금 다시 떠오른다.

전해 들은 부모님 모습

광주에서 사업에 실패하고 잠시 고향에 머물러 있던 동네 아주머니에게 어머니가 간장 두 병을 들고 찾아오셨더란다. 고마움이 잊히지 않아 한번쯤 찾아뵙고 싶었는데 어머님이 돌아가셨다는 말을 듣고 아쉬워하고 애달파 하시더라 한다. 조선간장 두 병도 고맙지만 남의 어려움을 항상 앞장서서 아파하고 돌보아 주신 어머니의 도우심에 감사함을 표하고 싶었는데, 그럴 수 없어 아쉬워하더라는 그분의 서운함을 이웃이 나에게 듣고 전하여 준다. 말씀에 감사하고 전해 주심에 고맙습니다.

농사일을 도우러 온 사람에게 제공하는 새참과 점심은 어머니의 의무다. 1980년 이전까지만 해도 농촌의 봄은 춘궁기가 남아 있어 춥고 배가 고팠다. 어머니는 일꾼의 식솔에게도 밥과 찬을 준비했고 드시게 하셨다 한다. 음식이 동났을 때는 다시 밥을 안치시는 것을 보고 그렇게 할 필요가 있느냐는 아버지 말씀에도 새로 밥을 지어 보내드렸다고 한다. 이 이야기를 내게 하면서 어머니는 모두에게 인정이 많았던 분이셨다고 아낙들이 말하더란다. 전해 주신 나

씨 아주머니께 감사드립니다.

부모님은 젊은 시절 중국 길림성 유수시 신장진의 조선인 촌에서 영농을 하셨다. 숙부와 외숙 등 고향 분과 함께 하셨던 이주영농이란다. 4년 조금 모자란 기간의 농업 활동과 농한기를 이용한 담양의 죽제품 판매로 자금을 약간 모아 해방 3년 전쯤 고향에 돌아오셨고 이후 정착하셨다 한다.

쌀이 귀한 만주에서 이득을 좀 더 보기 위해 밀방아를 찧다 들킨 숙부를 대신해 구치소도 가고 벌금도 내셨다 하면서 숙부는 항상 말씀하셨다. 몇 년 더 만주에서 지체하셨더라면 지금의 우리 가족은 조선족으로 살았을 터인데 일찍 나와 주심에 감사한다. 부자 되어 돌아왔다는 소문과 함께 유혹 받던 노름판과 먹자판 등등에 참여는 하되 푹 빠지지 않는 지혜가 있어 아버지가 살림을 지키고 부농 기반을 유지할 수 있었다는 말씀은 어머니의 만주이야기가 시작되면 끝에 항상 덧붙여지곤 했다.

어머니는 봉천과 고향을 왕래할 때 지금의 서울역은 수도꼭지만 달려있는 초라한 기차역으로 시골스러웠다 하시면서, 그 당시 서울부근에 자리 잡지 못함을 아쉬워했다.("고향은 박대하는 것이 아니다."라는 할아버지 말씀따라 서울에 터를 잡지 못함에 대한 아쉬움의 표현.) 세상일을 누가 알며 사람 복을 어찌 알 수 있겠는가. 지나 놓고 보니 그때 그랬으면 좋았지 않았겠느냐는 어머니의 회한이자 당신에 대한 위로지요.

아이들 이름 짓기

사람의 삶에서 산과 강을 떼어 놓고 우리의 일상을 말하기가 쉽지 않다. 생활에서 필요한 용수가 냇물이고 살림 도구의 소재가 목재다. 삶의 터전이 물가이고 산에서 생필품을 얻는다. 쉬고 싶을 때 찾는 곳도 산이고 물가다. 우리의 삶과 문화는 자연의 본질과 특성을 체화하고 마킹하는 과정에서 나타난 결과물이자 바람이다 싶다.

서울에서 직장생활을 대부분 보냈던 나는 어디인가를 찾아 심신을 여유롭게 하면서 스트레스를 해소하고 싶을 때가 간혹 생긴다. 업무에서 벗어나 몸과 마음을 자유하게 하고자 찾았던 곳이 산과 물이다. 자유와 풍요로움이 주는 만족감을 얻기 위해 산도 좋고 물도 좋아 여기저기 찾아다녔다. 나는 물이 있는 산을 더욱 좋아하는 듯 싶다. 맑음과 영혼의 자유는 물을 보면서 더 느낄 수 있어 그렇다.

강이나 바다가 더 즐거운 이유는 느끼고 감응할 수 있는 시야가 확 트인다는 점이다. 강이나 바다는 거칠 것 없는 푸른 하늘과 내가 함께 맞닿는 기분이나, 산은 산림에 막히고 봉오리에 막히며 계절에 따라 갈아입는 푸름이나 붉음에 나의 시선을 빼앗는다. 완전한 동화가 어렵고 하나 됨이 어려워 항상 2퍼센트 부족함을 아쉬워하였던 것 같다.

그래서인지 나는 모임 이름을 제안하거나 결정할 때, 지명을 보거나 기억할 때 의식하지 못한 사이 물(水)과 관련 있는 지역이 미쁘게 느껴지고 물과 관련 있는 명칭이 더 친숙하게 다가온다. 여행을 다녀온 도시 중에 바다를 안고 있는 밴쿠버나 이스탄불이 파리나 프라하보다 기억에 오래 남고, 도쿄보다 뉴욕이 인상 깊게 남아 있는 이유일 수도 있다.

학창 시절의 모임인 대하(大河)회가 물의 단어이다. 고등학교 친구들의 우정이 대(大) 하천의 물과 같이 도도하게 흐르면서 세상을 헤쳐 나가자는 젊은 시절의 다짐을 함축했던 단어가 대하이다.

나의 또 다른 이름 양촌은 2008년 초에 대학교 친구들과 함께 남해를 여행하다 얻어졌다. 연유는 담양의 밝은 볕과 유촌의 맑은 계곡물을 보듬고 싶어서 지어진 합성이름이다.

여행에서 얻게 된 양촌(陽村)이 또 다른 이름 나의 호(號)가 되었다. 물과 관련된 단어이자 고향의 따뜻함을 품을 수 있는 이름이라서 고마웠다. 고향이 담양(潭陽)이고 창평면 유천리(柳川里)다 보니 평천(平川)도 양촌(陽村)도 호로 생각해볼 수 있으나 평천(平川)은 소리의 뉘앙스가 그렇고 양촌은 따뜻한 볕과 물의 조화가 있어 좋다 한다. 고향 마을은 마을 단위로 부를 때는 유촌(柳村)이다. 부르기에도 양촌은 음색이 맑고 밝아 호칭으로 불린다.

물 관련 이름은 아이들 이름에도 해를 거듭하면서 하나씩 늘게 되었다. 담겨 있는 물도 좋고 흐르는 물은 더욱 좋다. 담겨진 그릇이 크고 흐르는 물의 양이 넉넉하면 더욱 좋다. 물이 강폭을 따라 도도하게 흐르는 모양은 아름답다. 조용함이 함께하면서 저항할 수 없는 강함이 있기 때문이다. 물의 흐름이 연합한 자연 호수가 좋고 인공으로 집단화한 댐도 좋다. 이들의 특성은 함부로 범하지 못할 힘과 평화로움이 공존하고 있음에 더 친근하다.

큰 아들 이름은 비실한 외아들 하나를 바라보다가 큰 손자를 얻은 기쁨에 무엇인가를 바라 보고 싶다는 마음에서 나의 아버지이신 장손자의 할아버지가 성(成)이라 지어 주셨다. 둘째 이름은 넓고 큰물의 흐름이 강도 이루고 바다도 만들 수 있다 싶어 호(浩)로 짓게 되었다. 셋째는 물처럼 면이 고르고 치우치지 않는 중용의 길을 갈수 있다 싶어 균(均)이라 했다.

성 고(高)와 돌림자 석(錫)은 주어진 글자이니 따르는 것이 맞다 싶다. 물이 바람과 같이 산야를 내려가다 대하를 만나서 벌판을 적시어도 좋고 강이나 바다로 나아가면서 앞 물을 따르기도 하고 뒷물과 합수도 하면서 망망대해로 나아갈 수 있어 희망적이다. 그 길이 치우치지 않는 균형의 길이 되어 자신과 우리를 보전할 수 있겠다 싶은 욕심이다.

수백 리 물길의 합체인 강물도 바다나 대양을 향해 역동적으로 나아가는 모습은 장관이다. 큰 손자는 나의 첫 기대다. 나의 아버지가 가지셨던 희망처럼 강(江)을 넣어 합체의 희망을 세상에 올려본다. 건강하게 자라주고 남을 사랑할 줄 알면서도 정의로운 뜻을 이룰 줄 아는 사람이 되어 주길 바란다.

물의 특성은 치받지 않으면서 내려가는 겸손이 첫째이고 다투지 않으면서 갈 길 따라 내려가는 화평이 둘째이고 내려가면서 크게 결합하는 하나 됨이 셋째이다.

나를 내리고 겸손한 삶을 산다면 내가 가는 길에 다툼이 있을 수 없고 싸움 또한 찾아보기 어려울 것이다. 물의 특성을 사랑하는 사람의 삶이라면 세상은 우리에게 커다란 평화를 안겨줄 것이고 우리 또한 세상에 무엇인가를 선물하지 않겠는가 싶다.

(2012년 11월)

심성과 자질이 우선이다

자녀가 결혼하면 생활을 따로 하는 것이 우리 사회의 문화다. 나도 결혼한 아들이 세 명 있는데 모두가 방배동 우리 집 지근거리에 거주한다. 결혼한 지가 수년씩 되다 보니 손자도 낳고 사업도 하면서 우리 사회의 소시민으로서 자신들의 삶을 그런대로 움직여 간다.

손자 간의 왕래가 많고 며느리를 볼 기회가 잦은 우리집이지만 가족 구성원 모두가 어울려서 편하게 대화하고 스스럼없이 스킨십을 할 수 있는 기회는 그래도 여행이 가장 좋은 방안이다 싶어 우리는 일 년에 한 번 정도 공동여행을 그간 해 왔다. 금년은 제주도를 여행지로 정하고 오늘(8월 17일)이 서울을 떠나 제주에 온 첫날이다.

오붓한 가정여행의 참맛을 포기하고 가족의 통합과 소속을 느끼면서 손자와 아비의 생각을 느끼고 공유하고 싶어 우리는 제주에 왔다. 자질과 기질이 다른 손자이고 욕구를 표현하는 심성이 각각인 구성원이다. 위엄에 주눅 들게 한다면 다양성이 가치인 현대사회에서 아이의 끼와 재능을 살리는 데 한계가 있다 싶어 나는 이번 여행에 흥미가 많다.

윗 세오름이 보여 줄 탁 트인 개활지와 불룩 솟아 있는 한라산 화구벽을 큰 아들 가족과 함께 보고자 제주공항에서 곧장 영실로 왔다. 영실(1,280미터) 자체의 고도가 천 미터 이상이고 어제 내린 비의 뒤끝인지라 바람이 불고 구름이 많아 더위가 가시지 않는 8월 중순인데도 반소매 차림이 춥고 몸이 오들거린다.

가방에 넣어 두었던 긴소매 옷을 있는 대로 꺼내서 아이들에게 나눠주고 영실코스를 따라 숲길을 걷고 올라가니 오백나한이 산다는 병풍바위가 구름사이로 보일 듯 말 듯 스치고 물줄기 사이로 쏟아지는 두 폭포의 선명한 자태가 나를 반긴다. 언제 보아도 위용이 넘치는 자랑스러운 주상절벽이고 아름다운 산세다.

가파른 계단을 따라 한참을 올랐더니 내려오는 하산객이 '오한이 들 정도로 오름길이 차갑고 바람이 세차다'면서 어린이와 함께 등반하기 좋은 날씨는 아니라고 하산을 권유한다. 주상절벽이 발아래 놓일 때 까지 좀 더 오르다가 큰 아들과 손자들이 구령에 맞추어 팔굽혀펴기를 하는 모습을 끝으로 영실코스 산행을 마쳤다.

아비를 따라 보여 주는 30여 차례의 푸시업(push-up)에 절도가 있고 능동적인 팔다리의 근육 움직임이 경쾌하여 큰 아들 가족의 화합과 화목이 좋아 보였다. 솔선은 자질을 장점으로 키워 주고 심성을 곧고 바르게 잡아주기 위해 필요하다. 솔선하는 아들의 행동에 아이가 따르는 양육 방법에 감사하면서 마음속 박수를 보낸다. 의지가 강한 손자는 우월감을 인정해 주고 잘못한 일은 작게 지적하는 것이 답이다. 노출을 바라는 손자는 덜렁거림을 다독거리면서 자존감을 치켜세우면 된다.

비행편 따라 제주 도착 시각이 다른 아들들이 도착하자 우리 가족은 한림에서 1박하고 다음 날 아이들의 희망을 따라 부근에 위치한 협제 해수욕장을 찾았다. 아이의 도움을 받아 아비는 보트에도 튜브에도 펌프질을 한다. 공기주입이 끝나자 바다로 나가는 손자들의 집단 모습이 대견하다.

지난 세대는 정형화된 삶이 모범인 양 근엄했다면 손자 세대는 심성을 갖춘 사람으로서 자질과 근성을 갖추어야 사람답다 여기는 세상이 될 게다. 아비도 아들의 자질을 키워 주고 심성을 순화시키려는 노력을 다하려면 자녀들과 호흡을 잘해야 할 것이다. 뒤따르는 보호자들 또한 여느 때보다 어여뻐 보인다. 항상 저만큼만 손자와 화기애애하였으면 좋겠다.

멀리 떨어진 진초록 바다가 시야를 따라 눈앞에 가까워 오니 바닷물은 연초록 빛깔로 바뀌고 연두색 굵은 물결 띠를 내놓는다. 새하얀 포말이 연두색 물결사이를 헤집고 바닷가 여기저기를 서성거리는 모양이 아이들 물놀이하는 것처럼 여유롭고 살랑거린다. 색깔의 조화가 아름답고 파도소리가 있는 맑은 해수욕장이다.

경사도 완만하고 모래사장도 드넓은 바닷가 이곳저곳에 화산석이 만든 못이 떠있는 갯가라 아이들이 놀기 좋았고, 파도탈 수 있는 바다의 출렁임이 있어 청장년이 놀기에도 참 좋은 바다다.

뛸 줄 아는 아이는 아비 따라 물속을 걷고 학교 다니는 아이들은 자기들끼리 몰려다닌다. 몰려 노는 것도 시간이 지나자 손자들은 모래톱에 주저앉아 밀려오는 바닷물을 가두고 싶어 한다. 손으로 모래를 파보지만 바닷물은 금세 만들어 놓은 수로와 웅덩이를 삼키지만 포기하지 않는 계속된 손놀림에 수로와 작은 못이 생겨나고 만족해하는 아이들의 얼굴은 건강하고 맑다. 흐뭇해하는 모습의 마음은 소통과 융화를 통해 얻어낸 자기들만의 포획물이기도 하고 성과물이기도 하기 때문 일게다.

부모는 상황이나 분위기에 맞추어 아이의 작은 성과를 치켜세워 주기도 하고 자랑스럽게 여겨줄지도 아는 포용이 우선해야 한다. 여린 마음으로 보살펴 주면 아이들은 사회와도 친화하는 방법을 터득해 가리라 본다. 불안한 조바심이 아이의 자존감을 훼손하지는 않나 돌아볼 때도 가끔은 있어야 한다.

늦은 오후는 가정 단위로 시간을 보냈다. 모랫길 수로와 웅덩이를 손으로 그렇게 열심히 파던 손자가 공원산책을 포기했다는 말을 한다. 그만둔 이유를 물었더니 체력이 바닷가에서 이미 탈진되어 그리하였다 한다. 수로(水路) 만들기와 공원산책이 평가항목이라면 만점 하나에 포기 하나가 된다 하면서 도전은 해야 할 때 완주하는 것이 중요하다고 말해 준다. 포기는 자기의 능력을 보여줄 수 없어 나쁜 놈이라 설명했더니 알았다 한다. 알았다는 말에 초등 2학년 손자가 많이 컸다 싶었다.

바닷가에서 가재를 손으로 잡아 동생들에게 자랑하고 싶은 손자의 들뜬 기분에 아비가 함께 장단을 추고 난 후에 생명의 중함과 가재의 삶을 위해 바닷가로 보내야 한다고 설득했더라면 이른 오후 갯가의 가재 잡이가 더 좋았다 싶다. 손자가 느끼고 싶은 우쭐함도 살려 주고 아비의 너그러움도 보일 수 있는 좋은 기회였는데 약간은 아들이 아쉽다.

다음날은 산굼부리 화산을 찾고자 비자림로 가는 길을 선택했다. 굼부리는 제주 방언으로 분화구를 뜻하는데 통상 오름의 최상단 중앙에 위치한다. 분화구가 산골짜기에 있는 화산을 산굼부리라 한다. 산굼부리 화산을 찾아가고자 통행과 환경 사이에 무엇이 우선이냐에 다툼이 있는 비자림로를 눈으로 보니 예사로운 길이 아니다. 비자나무 숲을 훼손하면서까지 도로를 확장하겠다는 제주시의 무모함에 먼저 겁부터 난다. 5분 빨리 통행하고 싶어 삼십여 년 이상 된 비자나무 삼천여 그루를 벌목하겠다는 도정의 생각이 이성적이냐는 생각에서다.

산굼부리는 야트막한 구릉이 있는 개활지 안팎을 이용하여 팔각정의 쉼터를 짓고 자생의 억새 밭을 잔디와 조화를 이루게 하여 만들어 낸 관광지로 조망권이 뛰어났다. 전망대 아래에 있는 골짜기 멀리 위치한 분화구 형상은 지금까지 보아왔던 분화구와 비슷하나 놓여 있는 위치가 산골짜기 밑바닥이다. 이름처럼 산속의 분화구다. 정비되어 있는 억세 길을 따라 구릉도 오르고 언덕길도 걸으면서 산뜻하게 정리된 거목도 펼쳐진 파란 잔디밭도 자연 그대로의 깨끗한 상태에 놓여 있는 모습이 아름다움을 품어낸다.

매표소 입구에서 꾸지람을 듣던 손자의 짜증도 이젠 평온을 찾은 것 같고 손자의 지척거림을 보고 감정을 토설하던 아들의 마음도 진정되었을 성싶다. 아이가 일상을 모범되게 살기를 바라는 아비가 여유로운 마음을 보여 주면 조절이 쉽게 가능했는데 산굼부리 오는 승용차에서 누리던 수면이 깨어나지 않는 아이의 상태를 이해하고 기다렸더라면 쉽게 넘길 수 있는 문제를 아이의 지척됨에 감정이 여유를 잃었나 보다.

산굼부리의 아름다운 조망권이 사람의 재능만으로 만들어질 수 없듯이 손자의 성장도 아이의 자율과 의지가 먼저다. 기다려 보자. 사람은 자기의 삶을 돌아볼 줄 알아야 한다. 변화된 행동은 불편한 자신의 생활이나 버릇을 바꾸어 보자는 데서 나타난다.

제주 여행은 가족 성원의 성향을 파악하는 데 크게 도움이 되었다. 여행기간 내내 자신을 노래와 율동으로 표출하는 손자, 동생을 건들면서 위상을 세우는 아이, 그러면 안돼 하면서 형들의 불손함을 지적하는 어린이. 쥐어박고 딴전피우는 형, 얻어맞고 억울함을 호소하는 목청 큰 영아가 가해자가 되었다가 시간이 지나면 피해자로 둔갑하더라. 커 나갈 손자의 심성과 자질을 엿볼 수 있어 좋았고 아이의 성장에 영향이 많은 부모의 양육관도 읽을 수 있어 가족 여행은 지속되는 것이 좋을 것 같다.

병풍바위를 앞에 두고 함께 붙이는 구령에 따라 팔굽혀펴기를 하는 아들과 손자가 느끼는 동질감이 오래도록 기억에 남기를 바라며, 조찬 뷔페를 많이 하는 것이 건강에 좋다면서 한 바퀴 더 돌라고 했더니 식당을 빙 돌고만 오는 손자의 영혼이 계속 맑기를 소망한다. 협제 해수욕장에서 보여 준 손자 사이의 우애가 어여쁘고 아들들의 보호자 역할이 미쁘다. 해수를 끌어 작은 못을 만들어 보겠다는 아이의 욕심과 열정이 훗날의 일에서도 지속되길 희망해 본다.

(2018년 8월)

5부

고향의
모습

마음이 향하는 곳, 고향故鄕

사람이 태어나 자란 곳을 통상 고향이라 한다. 고향의 개념은 조상 대대로 살아온 고장을 말하기도 하고 마음 속 깊이 간직한 그립고 정든 지역개념이라고 국어대사전은 말하고 있다.

20년 전쯤 내가 통상산업부에 근무하던 시절 우리 국 직원들은 이른 점심을 먹고 국장실에 둘러 앉아 고향을 어떻게 정의하고 생각하느냐를 놓고 토론한 적이 있었다. 삭막한 대도시에서 태어나고 자랐기 때문에 고향이 없다는 사람, 시골에서 태어났지만 부모님 직장 따라 중고등학교를 다닌 고장이 고향이란 사람, 유년기나 청년기를 보낸 곳이 고향이라는 사람, 부모님의 고향이 고향이라는 사람, 오랜 동안 살았던 지역이 고향이라는 사람, 추억이 많은 지역이라는 사람, 복수의 고향의 존재를 인정해야 한다는 사람 등 지역과의 인연에 따라 고향 개념이 다르고 견해 또한 다양했으며 고향 또한 단수가 아니었다.

고향은 그립고 정든 지역이라거나 마음속에 새겨진 고장이라는 정서 개념에 모두가 쉽게 의견의 합치를 했던 기억이 생각난다. 개념이 간단하고 느낌이 명료하리라 생각하여 시작했던 우리의 토론은 태어난 특정 지역에 대한 느낌이 다르고 품고 있는 정서가 사뭇 다름을 알았다. 태어난 곳도 정서 따라 고향일 수도 있고 아닐 수 있어 태어난 곳 하나로 고향을 정의함에 신중함이 필요함을 알게 하고 고향이 단일 개념일 수 없음을 일깨워 주었다.

나는 고향에서 태어나 유년기를 보내고 초등학교를 다녔다. 중고등학교를 광주에서 다녔지만 휴일이나 방학 때에 담양군 창평면에서 부모님과 함께 생활했기 때문에 창평이 그립고 정든 곳이며 젊은 날의 추억이 가장 많은 곳이라 그런지 고향됨에 의문의 여지가 전혀 없다.

나의 고향은 우리 선조가 터를 잡고 지금까지 살아온 지가 400여 년이 넘었다 한다. 선조 할머니의 아버지께서 사위에게 물려주었던 터와 월봉산 자락이 지금의 우리 마을이다. 그러니 이곳은 나와 우리 집안의 정체성을 말해 주는 고장임이 분명하다. 할아버지, 증조, 현조께서 살던 곳이며, 중국(길림성 신장진)에서 잠시 영농을 하시면서 담양산 대바구니를 교역하셨던 아버지가 재산을 이루어 고향에 왔을 때 할아버지가 고향을 박대하지 말라는 말씀에 따라 논밭과 집터를 잡으셨던 곳이 이곳이다.

아버지가 장만하신 터전은 세월이 흐름에 따라 경지 정리다 도로 확장이다 등 정부사업으로 수용당한 땅과 내가 젊었던 시절 일부를 남에게 양도했거나 처분한 땅을 제외하고는 지금도 산과 논밭이 그대로 그곳에 있으며 매년 수차례 그곳을 다녀오곤 한다.

아버지의 산소를 돌보기 위해 찾았고 어머니께 문안드리기 위해 찾아 다녔다. 공직을 명예퇴직하고 농지를 관리하기 위해 유실수를 심거나 고구마를 캐기 위해 자주 다녔다. 작물을 심는 것도 중요하지만 가꾸고 수확하는 것이 더 어렵고 남에게 부실한 모습의 집과 농지관리를 보여 주지 않기 위해 자주 다니곤 했다. 금년 여름에는 세 번이나 시골집을 찾아가서 풀을 뽑고 김을 매었건만 마당의 풀을 보니 또다시 쑥대밭이다. 큰집 형님이 시외전화로 잔소리할 만한 상태다. 은행나무가 심어져 있는 밭은 일정이 바쁘다는 핑계를 대면서 그간 여러 해 찾지 않았기 때문에 안 보아도 뻔하다.

논은 남을 통해 경작하고 있지만 특별한 생업이 없으면서 밭을 나 몰라라 하는 것도 부모님께 도리가 아니라서 2008년부터 고구마나 매실수도 심었고 배롱(백일홍)나무도 옮겨 심었다. 고구마는 이백여 평 남짓하게 심어 가꾸는 것이 고향 사람에게는 미덥지 않은 행동으로 보였던 것 같다. 경비를 들여 경운기로 땅을 갈아 골을 내고 밭두렁을 검정비닐로 감싸며, 시장에서 고구마 순을 사와 남의 손을 빌어 식재하니 채산이 맞겠느냐는 것이다.

더군다나 영농 경험이 없는 나와 친구들이 일군으로 시골에서 이삼일을 묵으면서 순을 심고 김매는 모습은 분명 어설프게 보였을 것이고 예상 수확량을 초과한 경비 지출을 예측했기 때문이리라. 경제적으로 보면 경작하는 것이 바보짓이고 시장을 통해 고구마를 구매한다면 저렴하게 살 수 있다는 것을 나도 안다.

그러나 고향의 영농을 어찌 경제 가치로만 따질 수 있겠는가. 그리움을 달랠 수 있는 고향이고 나를 인정하는 사람이 사는 시골이며 우리 가족의 본향이 될 곳임을 생각할 때 경제적 계산은 무의미해질 것 같다. 일부라도 경작하는 것이 고향 사람과 호흡을 같이할 수 있는 길이며 고향에 대한 사랑이자 부모님에 대한 나의 책임이라 여겨서 앞으로도 그리하려 한다. 시골 가야 할 이유를 만들고 영농을 하기 위하여 고향을 찾다 보면 시골의 산과 들이 나를 알고 그 지역에 살고 있는 사람을 더욱 잘 이해할 수 있으리라. 그곳에 사는 사람과 조화하는 것이 애향 아니겠는가. 애향하는 것이 나의 뿌리를 견고히 하고 나와 내 집의 정체성을 확장하게 하는 일 아니겠는가.

금년 고구마 식재 면적은 넓어서 많은 채취 인력이 필요할 것 같다. 우리 집 손자로 태어난 후 시골 한 번 다녀오지 못한 영강이와 영건이를 위하여 나의 생일을 고향 집에서 보내기로 하였다. 할아버지 산소에 인사도 드리고 산 너머 마을에 있는 국골 저수지 부근의 우리 집 산도 소개하고, 임진왜란(1592년) 당시 부친을 따라 전사하신 학봉 할아버지의 사당과 구한 말 항일운동을 하시다 구례 연곡사 전투에서 전사하셨던 녹천 장군의 포의사, 춘강(고정주) 선생의 창흥의숙(상월정) 그리고 녹천의 항일운동으로 불타 버려 왜소해진 종갓집과 옛터도 함께 보여 주고 싶어서다.

나라가 어려울 때 국난을 극복하려는 선조들의 희생을 알게 하고 싶었고 국가에 충절을 다하는 우리임을 보여 주고 싶었다. 집안의 역사를 전언하여 주자는 것이 아니라 아이들의 몸과 마음에 선조의 의로움을 다소나마 느끼게 하고 싶어서다. 우리 세대가 해야 할 일 중 하나는 아이들에게 뿌리를 알게 하고 선대 구성원이 어떠한 일을 하였으며 무엇을 위하여 사셨는지 알려 주는 일이다.

우리 가족의 노동의 결과로 고구마는 모두 채취되었고 수확량은 기대 이상이었다. 고향의 땅에서 햇볕과 바람을 맞고 자란 고구마라 그런지 색깔이 곱고 맛도 있어 보인다. 내가 그렇게 느끼듯이 아이들도 차츰 그렇게 느끼기를 소망해 본다. 고향의 산과 들은 우리 가족의 자산만이 아니라 지켜야 할 문화유산이라는 것을 가슴에 담았으면 싶다. 오늘 찾았던 고향 방문은 의미가 있었으며 참여한 아들 며느리와 손자에게도 시골을 알아 가는 시작이 되었으면 좋겠다.

(2010년 11월)

고향의 모습

　고향 마을은 담양 창평면의 월봉산 등산 코스(월봉산-상월정-노가리
재)가 지나는 길 아래 있는 농촌마을이다. 마을 동쪽의 월봉산(454미
터)을 출발 상월정과 노적봉을 거쳐 남쪽의 노가리재(405미터)를 잇
는 등산로가 산골마을을 크게 한 바퀴 돌아 내려오는 산행코스이
다. 산행코스 밖으로 수양산(594미터)과 국수봉이 인접해 있고, 마을
서쪽으로는 무등산과 광주호가 멀리 떨어져 있다.

　마을이 산에서 태어나고 산에 묻힌다 하여 옛 지명은 태산(胎山)
이라 부르다가, 인조가 군 시절 야심을 품고 전국을 순회할 때 개
울가에 아름답게 자란 무리의 수양버들이 물안개와 조화를 이루어
내는 마을 풍광이 운치가 있다 하여 마을 이름을 유촌(柳村)이라 하
는 것이 좋겠다고 권한 이후 이 지명으로 내려왔다.

　마을은 호남고속도로가 지나가는 창평면의 남쪽에 위치하여 북
쪽의 면소재지를 바라보고 있으며, 마을의 남쪽으로는 산 너머 마

을과 경계를 나누는 노가리재가 있다. 이 재는 영산강과 섬진강의 수계를 가르는 분수령이다. 고향마을은 경사가 급한 산 아래 마을이어서 수원이 풍족하지 못하다. 산 너머 마을은 경사가 완만하여 수원이 풍부하여 가뭄에도 별다른 지장 없이 농사를 지을 수 있었기에 고향은 이 물을 항상 부러워했다. 이에 착안하여 산을 관통하여 수로를 놓고자 하는 여론이 60년대 말 한해가 심할 때 거론되었던 기억이 생각난다.

호남정맥은 국수봉(558미터)을 지나 내려가다 이 재를 거쳐 동남쪽으로 향하면서 무등산으로 이어진다. 지형이 사슴을 닮아 노가리재(녹치, 鹿峙)라 부른다. 마을은 유촌과 경동으로 구성되어 있는데, 최근에 전통 한옥마을이 저수지 옆에 생겨났다. 산이 좋아 도시민이 이주하여 왔다 들었다.

유촌마을은 병풍을 펼쳐 놓은 모양의 산맥(병풍산맥)을 뒤로 하고 중앙에 서당골, 오른쪽에 작골, 왼쪽에 폭골이라 불리는 계곡이 있고, 주변에 경작지가 있다. 계곡의 수량은 도랑물 수준이다. 서당골은 서낭당이 있던 터였을 것이고, 작골은 마을에서 멀리 떨어진 곳에 위치하였음에 붙여진 지명이다 싶다. 폭골은 아래쪽 산에 무덤이 많았는데 매장지와 관련이 있었던 지역 이름이 아닌가 싶다.

서당골 옆에는 큰 소나무가 수호하는 천제등(天祭登)이 있어 기우제를 지냈다는 말씀이 전해 온다. 주변 야산에는 간혹 깨어진 기와조각이 출토되어 마을에서는 기왓등이라고 부르는데, 여기에 오래전 사라진 마을이 있었음을 우리에게 알려준다. 마을길에는 마을 출신이 과거합격 후 사모관대를 입고 환향하는 솔대거리가 있다. 양반 계층이 말을 타고 향교 등 외지를 들고나는 출입로였으나, 신작로에 밀려 지금은 오솔길 수준으로 격하되어 있다. 마을의 신작로가 유천리길이 되고 군도로 승격되더니 60번 창평현로와 이어지고, 25번 호남고속도로와 연결된다. 유천리길은 마을을 지나야 하므로 사고의 위험이 항상 있었지만 최근에 마을을 우회하는 외곽도로가 신설되어 산을 넘어 광주호 쪽으로 달리게 되었다.

당산나무는 수백 년 자란 팽나무 한 그루가 저수지(옛 종가 근처) 아래 있었으나 벼락을 맞아 가지가 부러진 이후 수명을 다했다. 안산 옆에 있는 상수리나무는 지금도 수령을 자랑하고 있고, 마을 중앙에 있는 나이 많은 느티나무는 추석 명절에 마을사람을 위하여 그네를 스스로 매어 주고 여름에는 시원한 그늘을 오랜 기간 제공하였다. 요즘은 찾는 사람이 예전 같지 않아 당산나무 역할을 제대로 못해 아쉬워한다.

평야(平野)라는 평 자가 말해 주듯 창평(昌平)이란 지명에서 땅이 넓고 물산이 여유로움을 알 수 있다. 고향에도 넓은 땅이 펼쳐져 있고 이곳저곳을 돌아볼 수 있다 하여 구경들이라 한 들판과 이 들판을 끼고 돌아가는 작은 구릉 비슷한 평가등이 마을 왼편에 있다. 평가등에는 능양군이 마을에 왔다가 마을 앞 넓은 평야(구경들)를 구경하다 이웃 마을로 가는 길을 놓쳐 둔전거리던 둔전등(구릉)이 있

다. 지금은 이곳 모두가 창평CC가 되고 나서 초보 골퍼가 둔전거리
는 곳이기도 하다.

마을은 영광만 있었던 것이 아니고 종가가 불타는 화마도 일제
에 의해 저질러졌고, 수백 년 동안 마을의 랜드마크 중 하나인 장방
형의 고인돌과 어른 키만 한 선돌도, 근력을 단련하고 힘을 자랑하
는 들돌도 모두 자취를 감추는 수모가 있었다.

들돌은 청돌로 되어 있고 무게가 대단해 청장년도 들어올리기가
버거웠다. 건장한 사람은 무릎까지, 힘센 사람은 배까지, 장사 소리
듣는 사람은 청돌에 파져 있는 홈에 턱을 대거나 어깨에 올려놓았
다 한다.

정부가 작골 뒷산에 건립한 포의사는 구한말 의병장 녹천을 기
리는 사당으로 참배객의 발걸음을 간혹 볼 수 있고, 옆 산자락 끝에
위치한 조금 높은 평지에는 학봉 할아버지(의병장, 고인후)의 묘소가
1592년 이후 모셔져 있다.

병풍 모양의 산맥이 마을 하늘을 가리듯 빙 둘러서 있고 공천(空
天) 뫼라 불리는 산등성을 따라 이곳저곳에서 내려온 산자락을 타고
맑고 신선한 정기가 마을로 들(平野)로 살아 움직이어 내려오는 형국
의 지형이다. 들은 산을 뒤로 하고 구경들로 아랫소내(小川)로 이어
진다. 산자락을 거슬러 올라가면 천년송이 있다는데 천년송인지 여
부가 확증되지 않았으나 오래된 것만은 확실하다. 산판으로 쓸 만한
산림이 피해를 보았으나 나무가 많고 숲이 깊어 있음직도 하다.

상월정은 용운동 저수지를 휘돌아가는 산길을 따라 월봉산 방향으로 가다 보면 9부 능선쯤에 위치한 평지에 건축된 고씨 집안의 산중 공부방이자 별장이다. 공부하기 좋은 장소로 알려져 많은 젊은이가 과거를 보았고 고시를 치렀다. 외부와 단절된 환경이 있는 이곳을 요즘도 합격의 영광을 잡기 위해 더러 찾는 이가 있다. 상월정이 건축된 것은 언양 김 씨 세가 시절 김자수(세조3년, 1457년)가 낙향하여 대자암 옛터에 세운 정자이자 후학을 가르친 공부방이다. 나도 대학 시절 두어 달 방학 기간을 이용하여 머물렀던 기억이 있다. 조용하여 마음을 잡고 생각을 집중하기 좋은 장소라 생각난다.

춘강 고정주 선생이 나라를 찾기 위해서는 인재양성밖에 없다는 생각으로 영학숙(이후 창흥의숙)이라는 사학을 시작한 곳도 이곳이다. 창흥의숙 출신은 이때 신학문을 접하였고 대한민국 건국초기 정부에서 크게 활약하여, 상월정이 세상에 많이 알려졌고 찾는 젊은이가 영민하여서 더 좋은 학업성과가 나왔다 싶다.

용기(容器)가 부족한 시절에 대나무는 바구니를 만드는 소재로 매우 유용하였다. 대바구니를 만드는 데 필요한 대(竹)의 수요가 많아 예로부터 대밭을 돈이 나온다 하여 생금(生金)밭이라 하는데 고향마을에도 대밭이 적지 않았다. 마을을 부유하게 하고 경제적으로 많은 도움을 주었으나 플라스틱 제품의 출현으로 대의 효용과 가치가 절하되고부터 콩이나 작물을 심는 일반밭으로 용도가 대부분 바꾸어졌지만 마을 외곽에는 지금도 대밭이 일부 남아 있다.

마을의 집은 세월을 이기지 못하고 쇠락하더니 요즈음 들어 광주가 가깝고 교통이 좋아져 도시민의 전원주택이 들어서고 출향인사가 돌아와 꽤나 쓸 만한 주택이 지어지면서 옛 주택이 안고 있는 남루함이 차츰 탈바꿈되어 가고 있다. 마을은 과장되게 말하여 화려하게 변신 중이다. 고향마을의 정취가 시대에 걸맞게 변화되었으면 싶다.

산으로 난 군도를 따라 자전거를 즐기는 라이딩족이 보이고, 호남정맥의 노가리재 구간을 등산하고자 찾아온 마니어급 등산객이 눈에 뜨인다. 월봉산을 끼고 한 바퀴 활공하는 짜릿한 맛에 길들여진 행글라이더들도 공휴일이면 마을 한쪽에 있는 활공장과 착륙장에 집결한다. 사람이 모이고 젊은이가 북적거릴 때이면 마을은 차츰 시끌벅적하기 시작한다.

찾아오는 모두가 산을 즐기고 그림 같은 병풍산맥을 돌아보면서 벌판과 산들의 웃음소리를 들어 보고 공천 뫼와도 이야기를 나누면서 하늘에서 지상의 풍광을 만끽하기를 바란다. 바람이 부는 하늘에서 내려온 햇살을 느끼고 맑은 공기를 들이마시면서 하루를 쉬다 돌아가는 마을이기를 염원해 본다.

어릴 때 어른들이 속이 상한 일이 있으면 "공천 뫼 호랑이는 무엇하고 있나?"를 외치던 산림이 무성한 산중으로 다시 돌아왔으면 좋겠고, 생태계가 살아 숨을 쉬는 마을로 남아 있었으면 싶다.

그리되면 고향에 호랑이가 다시 출몰할 수도 있지 않겠는가. 환경이 보전되고 청정이 유지되는 고향마을로 오래 남아 주기를 소원하는 마음에서 염원해 본다. 언제라도 돌아가면 어린 시절의 고향으로 남아 있기를 바란다. 할아버지의 마을이 아이들의 고향으로 인정받았으면 좋겠다. 나만의 욕심이 아니길 빈다.

(2017년 5월)

사람과 화목하자

고향에서 우리 옛 선조의 일하는 특성을 한마디로 말해 깐깐하다고 해서 고깔깔이라 했다. 고 가 성을 지닌 사람은 일을 심사숙고한 후 원칙에 맞게 일을 결정하는 기질이 많다는 말이다. 요즘말로 원칙주의자라는 말에 해당될 것이다.

자신에게 깐깐한 것은 깊게 생각한다는 의미에서 바람직하나 남과 일할 때나 소소한 일까지 깐깐하게 처신해서는 안 된다. 큰일에는 깐깐하더라도 작은 일에는 덤덤하게 넘어가는 것이 삶의 지혜가 아닐까. 중요사항은 원칙에 부합되게 처리하고 할 일의 내용과 실질이 일치되는가를 확인함에서 깐깐함은 장점이다.

사람이 태어나서 배우고 익혀야 할 것은 학문과 도덕도 중요하지만 인간관계를 조화롭게 이끌 줄 아는 지혜 또한 중요하다. 화목은 혈연 등 인척 간에 지켜야 할 덕목이기도 하지만 남과 일을 도모해야 할 사회에서는 더욱 존중해야 할 가치다. 우리는 남을 대우해야만 나도 존경받는다는 지혜를 집에서 배우고 사회에서 행동하는 과정에서 집단의 성원이 되고 시민으로 살아간다.

내가 나를 보면 어려서는 착실했으며, 젊어서는 정직한 편이었다. 사회생활에서는 많이 생각하고 간간한 것이 나의 특성이었다. 집안에 예속되어 생겨난 기질과 차분한 본성이 나와 함께 있었다 싶다. 이러한 특성은 일을 순조롭게도 하고 때론 과정을 복잡하게도 만든다. 내가 상황을 잘 이해하고 상대를 인정할 때에 그래도 보아줄 만하게 해결되던 과거의 화목한 결과와 주변사례를 엮어 본다.

진실하게 말을 해야 한다

담양의 군도 1호 확장과 관련 보상 협의를 요청한 공무원에게 사업의 필요성과 수용 규모의 타당성은 좋지만 특정인(나)의 토지를 필요 이상 수용하려는 것은 형평성에 맞지 않다. 신설 도로의 중심축을 아래로 이동하여 땅 소유자 간의 부담을 적정하게 배분하거나 도로 지형을 높여 경사면의 폭을 줄일 수 있다면 과중하다고 느끼는 토지 수용은 해소될 수 있으리라 설득했다.

군청과의 협의 과정에서 수용 절차에 불만을 표출하기보다는 합리적인 대안을 일관되게 설명함으로써 서당골 큰 밭도 모양새를 잃지 않았고 보상도 잡음 없이 협의를 마칠 수 있었다. 진실하게 사실을 말하면 일이 쉽게 풀리고 끝난 후에도 맺은 인간관계가 서로를 믿고 도울 수 있게 되었다.

상대가 원한 사실을 인정한다

영산강 상류인 고향 지역에서 농어촌공사는 수자원을 확보하고 자 4대강 사업의 부속 사업으로 시골(외동) 저수지를 확장하는 계획 을 수립한다. 공사는 신설 도로와 저수지 확장에 필요한 산을 수용 대상으로 확정하고 보상 협의를 개시하고자 했다. 사업 확장으로 댐 수위가 높아져 수몰될 처지인 신설 도로 아래쪽 산은 일찌감치 협의를 끝냄으로써 사업에 협조적이라는 인식을 갖게 한 것은 지 금 생각해도 잘한 것 같다.

신설 도로 위쪽 산은 수용 후 잔존 토지가 적정 규모가 될 수 있 도록 도로 선형을 바로잡아 줄 것과 조림된 편백나무는 20년 이상 생육되었기 때문에 이식하고자 해도 살리는 비용에 비해 산다는 확률이 적고, 이식하고자 해도 심어야 할 땅이 없으니 정당한 가격 에 수매하여 줄 것을 민원으로 요청하였다.

수용을 전제로 공사는 시작되었고 보상 가격은 평가기관의 감정 결과에 따라 확정된다는 답변을 받았다. 신설 도로에 필요한 적정 수용 면적을 확보하기 위한 선형 측량을 다시 한 후 수용 규모를 조 정하거나 원안대로 확정하겠다고 약속해 왔다.

국가 사업을 인정하지 않았다면 협상이 순조로울 수 없었을 것이 고, 일의 마무리가 수월하지 않았을 것이다. 당사자 모두가 에너지 만 소모했을 터인데 사업에 관심을 보였기 때문에 잘 해결되었다.

최고의 의사 표현은 관심이다

애완동물을 예쁘다고 안아주고 쓰다듬어 주면 경계하지 않고 꼬리를 치거나 혀로 핥는 것을 흔히 볼 수 있다. 사람도 관심을 보이는 상대에게 우호적인 반응을 곧잘 행동으로 표현한다. 말이 아닌 소리나 몸짓으로 하는 마음의 언어를 듣고 상대를 적으로 할 것인지 아군으로 할 것인지를 사람도 동물도 판단한다는 것이다.

어린아이를 어르고 달래주면 골을 내던 아이도 까르르 하면서 경계를 풀고 웃기도 하고 안기기도 곧잘 한다. 이와 같이 사람은 자기의 말을 잘 들어 주는 사람에게 호감을 가지며 자기에게 웃어 주는 사람과 자주 소통하고 싶어 한다.

대화에 앞서 경계를 풀어야만 상대의 속마음을 읽을 수 있고 나의 생각을 이해시킬 수 있는 비법을 찾을 수 있다는 것을 우리는 잊지 않았으면 싶다.

동료는 후원자가 될 수 있다

직장에서 같은 과나 국에 근무했던 사람이나 특별기획팀(특별위원회, 경제규제점검단)에서 일했던 사람의 면면을 회상하고 오늘을 돌아보면, 동료를 존중하지 못한 사람이나 동료에게 충성하지 못했던 사람은 서로의 후원자가 되지 못한 채 서로를 단지 알고 있는 사이인 채로 남는다. 관심을 나타내면서 동료의 어려움을 살펴 주거나 나의 애로를 편하게 터놓았던 사이에서는 세월이 흐른 후에도 옛 마음을 잊지 않고 서로 간에 쌓인 끈끈함으로 서로의 후원자가 된다는 것이다.

능력이 있어 보이지 않는 사람도 동료에게 충성하는 자는 능력보다 더 인정을 받았다. 이처럼 사람의 지식이나 성과에 못지않게 충성이 차지하는 비중이 매우 크다 생각한다. 사람에게 충성할 줄 아는 겸손이 참 능력이라는 것을 지금에야 깨닫는다. 능력과 성공이 일치하지 않는다고 해서 세상이 평등하지 않다 할 수 없는 것은 학식이나 지식만이 능력이 아니라 화목을 이루어 사람을 움직일 줄 아는 충성이 참 능력이라는 것이다. 나의 능력으로 할 수 없는 일도 인간관계를 통해 효과적으로 수행할 수 있다면 그 또한 훌륭한 능력이다.

나만이 할 수 있고 내가 주인 되어 할 수 있는 일보단 동료나 후원자의 지원을 받아 해야 할 일이 나이 들어 많아진다는 것이 현실이다. 지도자는 믿을 만한 사람이나 절친한 후배가 정리한 자료를 판단 기준으로 활용하는 것이 안심된다 한다. 충성심 없는 동료를 내가 믿을 수 없듯이 존중하지 않는 나를 위해 노력할 동료도 없다는 사실을 알아야겠다. 내가 할 수 있는 일은 무엇이고 누구와 일하는 것이 효과적이냐를 나도 알고 남도 안다는 것이다.

내가 해야 할 일에 최선을 다하는 것이 누구에게나 충성이라 한다면 윗사람에게나, 수평관계나, 부하에게도 어렵지 않게 충성하는 자는 모두에게 존경받아 마땅하다. 나를 존재하게 하고 나를 평가해 주는 사람은 상사 못지않게 동료나 부하라는 것을 빨리 알면 알수록 충성 기반은 튼튼하고 세상에 나가서도 우리의 성장 기반이 확보된다는 사실을 잊지 말자.

합심하면 지킬 수 있지요

고향 마을도 많은 변화를 겪는다. 내가 유년 시절 마을길은 면소 재지와 연결되던 신작로다. 택시라도 들어서면 우리 또래 아이들 이 달려 나가 무슨 일이 있는지 누가 왔는지가 궁금하여 동구 밖까 지 나아가곤 하던 길이었다. 등하교를 위해 왕복 시오리 길을 추위 나 더위를 무릅쓰고 4계절을 다녀야만 하던 길이다.

그 옛날 마을길은 노가리 재 너머 산 너머 마을과 연결되지 않은 막다른 길이었다. 나는 어린시절 동무와 함께 수량이 풍부하여 물 고기가 많이 잡히곤 하던 산 너머 마을로 붕어, 피리 등을 잡으러 마을길을 따라 비탈진 오솔길을 오르내렸다. 또 화순의 적벽 부근 노루목에 살고 계신 이모님 댁을 방문하기 위해 이 오솔길과 계곡 으로 이어진 무등산 뒷자락 길을 걸었던 기억이 아직도 생생하다.

세월 지나자 마을길은 경지 정리를 하면서 직선으로 반듯하게 되었고 산 너머 마을과 연결하는 도로 공사가 끝나자 군도 1호로 승격되었다. 군도 1호라는 이름에 걸맞지 않게 먼지만 날리며 오가는 차량도 없고 교행이 가능하지도 않은 외길이었지만 산길 따라 피어난 진달래꽃 . 나리꽃 . 패랭이가 원색을 뽐내면서 철따라 흐드러지게 피었던 추억이 있는 길이기도 하다. 지금 생각하면 교행이 어려웠던 그때가 그래도 사랑스럽고 운치가 있는 호젓한 길이었다 싶다.

저 지난 해에 군도 1호가 왕복차선으로 확장되고 포장되면서 마을 앞을 통과하던 한 차선 도로는 동네길이 되었다. 또 군도는 외곽으로 옮겨져 산 너머 마을을 나다니기 위해 지나던 차량도 더 이상 마을을 들러야 할 필요가 없게 되었다. 통과 차량은 안산에 생겨난 새 길을 따라 마을 외곽을 돌아 산골마을로 달릴 수 있게 되었다.

마을의 논밭은 경지정리되면서 들판이 높게도 되고 낮게도 되는 변화를 겪게 되어 옛날의 모습을 많이 잃었다. 그리고 병풍을 펼쳐 놓은 듯한 자태의 아름다운 월봉산 자락은 군도 1호를 만들기 위한 공사로 산허리가 잘리고 재가 뭉개지는 고통을 당하였다.

새로 난 도로는 산에 큰 상처를 입히고 산허리를 가로로 질러가는 훼손 흔적을 남기고 있지만, 산은 아무에게서도 위로의 말을 듣지 못했다 한다. 호남정맥의 노적봉과 노가리재를 잇는 구간이기도 한 산맥 줄기는 파헤쳐지고 계곡은 축대를 쌓느라고 메워지고 좁아졌다. 연장된 신설도로는 산의 고요함을 방해하면서 힘겹게 소리를 내며 오르내리는 차량으로 조용함이 사라진 도로가 되었다.

식민시대 전후 일본인에 의해 산 이곳저곳에 쇠말뚝이 박히고 노가리 재가 일부 잘려 나가더니 을미사변(명성황후 시해 사건) 이후 마을을 떠나 활동하던 출향 의병이 죽고 종가가 불타는 불운이 생겼다 한다. 도로공사 이후 장래가 촉망되던 두세 명의 인사가 세상을 아쉽게 떠나기도 했다. 죽고 사는 것이야 운명이라 말할 수도 있겠지만 산맥이 훼손된 이후 생기는 변고이고 보니, 그 일은 마을을 어수선하게 했고 고인을 잘 알고 있는 우리의 마음을 매우 안타깝게 하였다.

6. 25 동란 시절 월봉산 산자락을 경계로 고향마을은 낮에는 경찰이 밤에는 산 너머에 빨갱이가 치안을 장악하던 대치 지역의 마을임에도 희생자가 없었다는 자랑스러운 역사가 살아 있는 고향에 도로 공사 이후에 나타난 변고는 마을에 충격이었다.

산자락을 헐어 내는 굴착공사로 빠져나간 마을의 상서로운 기운이 되돌아오는 데에는 세월이 필요하다 하면서 마을 사람들은 도로공사를 원망하고 정부의 돈지랄을 못마땅해 한다.

도로는 필요하다. 사람이 많지 않아 군내버스가 지금도 넘지 않고 도로를 이용한 차량도 많지 않은 산 너머 마을을 위해 신설하고 연장할 필요가 있었는지, 연차사업으로 산을 헐고 바위를 부수어 왕복차선의 도로를 기필코 만들어야 했었는지 모르겠다. 군민을 위한 것인지 건설 사업자를 위한 것인지 이해가 안 되었다. 산 너머 마을은 옛부터 출구가 고향 면이 아닌 산 너머 남면이어서 남면을 오가는 버스가 다녔다는 것을 생각하면 나의 궁금증은 더욱 의문에 쌓인다.

산골사람의 과욕인지 표를 의식한 선거라는 제도의 산물인지 이농현상으로 산골에 사는 사람은 줄어들고 활동 인구도 노령화되어 세월이 지나면 폐촌이 염려되는 산 너머 마을의 교통을 정치인은 공약하고, 도는 도인 채, 군은 군대로 공사를 시작하고 출싹거려 길을 뚫고 도로를 넓힌다. 일한다는 것을 보여 주는 표시로 도로만한 공사도 쉽게 찾기 어렵겠지만, 민심이란 표를 의식한 정치인과 지역민의 욕심이 무익한 도로를 만들고 확장했지 않았나 싶다.

지금 보아도 경제논리가 아닌 정치논리로 산 중턱을 가로지르고 도로를 만들고 확장했다고 생각하니, 능력이 모자란 정치가 지나치다 싶다.

고향 면에는 도로공사도 이젠 더 이상 할 곳을 찾을 수 없었는지 농업용 저수지 둑 높이기 사업이 한창이다. 농지가 도로가 되어 줄어들고 농업인이 농촌을 떠나는 시절임에도 저수지 둑을 높이고 담수 면적을 확장하여 수자원을 확보해 놓으면 벼농사에 유익하고 가뭄이 와도 용이하게 대처할 수 있다는 명분하에 시작한 저수지 확장사업이란다.

사업의 본질은 4대강 사업의 하나인 영산강에 사시사철 물을 내려 보내고자 한 물탱크사업이지만, 포장은 영농사업이며 한해 예방사업이란다. 둑 높이기 사업이 지방민의 숙원사업이 아닌 4대강 사업의 보조사업이다 보니 저수지가 필요 이상 커진다거나 몽리 면적의 늘고 줄어듦이 문제되지 않았으며 수몰가구가 있거나 말거나 농지가 잠기더라도 상관없는가 보다. 저수지 인근의 기존 군도 1호는 물에 잠길 수밖에 없어 위치를 산중턱으로 옮겨야 된다. 군도도 지역민의 교통 편의에서 풍광을 찾아 나타날 도시민의 행락용 도로로 바뀌게 될 날이 멀지 않을 듯싶다. 지금도 저수지는 도시민의 낚시터로, 군도는 산골 드라이브코스로 활용되고 있기 때문에 더욱 그렇게 생각한다.

저수지의 저수량이 현재의 37만에서 187만 세제곱미터로 5배 이상 확대된다니 도시민의 행락 차량이 꼬리를 물고, 산 너머 마을 여기저기를 지나면서 먹다 버린 쓰레기가 고향의 산과 들을 메울 일이 당장 닥칠 듯하다. 그렇게 되면 천 년 이상의 역사를 지닌 고향 마을은 숙박 시설을 더 많이 보듬고 고통을 참으면서 살아야 될 듯싶다. 이것이 시대의 발전 모형인지 현대사회의 변화 방향인지 모른 채 고향 마을은 대도시 주변의 그렇고 그런 마을로 변모되지 않을까 염려스럽다.

개촌 이래 세가를 이룬 언양 김 씨가 삼백여 년, 우리 성씨가 사백여 년 이상 살아왔던 반촌이 시대에 따라 기와 골이 사라지고 불로 마을이 화마를 입고 지금의 터로 중심이 이동되었다 한다. 경지 정리로 고인돌과 선돌이 사라진 대가를 치르고 갈지자 신작로가 지금의 왕복차선의 군도가 되었다. 군도로 산이 잘리고 등성이가 평토가 되더니 외지인의 나들이 발길이 잦아지기 시작한다. 주변에 골프장이 생기면서 냇물이 마르는 등 마을이 변하고 사람이 떠난다.

마을의 전경이나 풍광이 바뀌는 날도 오래지 않을 듯싶다. 고즈넉한 고향 마을에는 도로라는 탈취자의 손에 이끌려온 사람과 차량에 의해 행글라이더 착륙장이 생기고 휴식을 도와주는 커피집이 샛터에 문을 열더니 숙박을 위해 찾아오는 사람을 위해 들판 한 자락에 펜션을 짓는다고 한다. 여유롭고 한가로운 삶을 표방하는 슬로우시티 고장에서 벌어지는 관광화의 적정 수준은 어디까지인지 누가 그것을 결정하고 추진해야 하는지 지역민과 지자체는 서로 쳐다보며 눈치만 본다. 슬로우시티가 지켜야 할 정체성은 고요하고 아늑한 마을의 정취와 옛 풍광을 조화시키고 보존해야 할 일인데 손쉬운 현대화에 바쁘다. 잃어버린 정취를 다시 찾아서 볼 수 있을지 염려가 앞선다.

시대의 변화에 슬기롭게 동화하면서 마을의 여유롭고 한가로운 정취가 보존될 수 있는 변화의 바람이 주민의 마음속에 불어 왔으면 한다. 지역민이 원하는 개혁안을 듣고 합의를 거쳐 느림이 있는 마을의 정겨운 옛 모습을 담을 수 있는 새 농촌의 모델이 추진되었으면 싶다. (주민의 관심으로 전원주택이 생겨나고 분위기가 정적으로 움직임은 그중 다행이다.)

(2012년 1월)

고향, 큰 밭의 소망

　가을걷이를 끝내고 한숨 돌리셨는지 일본 여행 중인 내게 고향에서 전화가 왔다. 추수(秋收)곡식을 어떻게 하겠느냐는 내용이다. 미곡별 수량과 도정 정도를 질문하는 것이라서 머뭇거리다 20킬로 포대에 일반미 17개 찹쌀 3개를 주문하고 나니 서울까지 운송책임은 누가 맡아야 되느냐가 선뜻 떠오르지 않는다.

　직장에서 일하는 아들은 쉬는 일요일을 희망하고 나는 교통이 원활한 평일이 좋은데 일정 잡기도 쉽지 않고 가는 아들이 누구냐도 어렵다. 논의한 결과는 12월 초순에 가는 것으로 결정하였다.

　햅쌀의 운송은 빠를수록 좋지 않겠느냐는 아내의 생각에 따라 내가 승용차를 몰고 일부라도 가져오기로 하고 시골을 내려갔다. 시골 가면 항상 그렇지만 우리 내외가 해야 할 일들이 줄서서 기다리고 있다. 산소에 있는 잔디의 잡풀이 반기고 밭에 제멋대로 자란 쑥대가 그렇다. 내가 힘들여 하는 일들은 과실수와 함께 치열한 생존 경쟁을 벌리는 넝쿨 등 필요하지 않는 잡초를 예초기를 돌려 자르고 나의 손으로 풀을 뽑는 일이다.

고향 밭은 농촌의 노령화로 경작할 사람을 쉽게 찾을 수 없게 된 지가 오래다. 작물을 심는다 해도 경제성이 없어 젊은 층들은 거들떠보지도 않고 노인만이 간혹 경작을 원하지만 방치농법에 의한 농지 활용이다. 이러한 환경에서 영농하기가 어려운 내가 선택할 수 있는 길은 유실수라 생각했다.

내 나이 40세 즈음 은행나무를 심었지만 심는 것보다 가꾸고 수확하는 것이 어렵다는 것을 얼마 지나지 않아 알았다. 어린잎이 징코민 원료로 사용되고 열매 수확이 쏠쏠하겠다 싶어 텃논에 심었다. 묘목의 더딘 성장을 못 참고 이 밭 저 밭으로 옮겨 보았지만 양지바른 밭을 제외하고는 나무의 발육은 그늘에서 잡목에 치여 성장이 더디었다. 양지의 은행나무도 자라면서 열매를 맺지 못할 숫놈이 많아 내가 근무하던 지방청의 울타리용 나무로 보냈다. 전언에 의하면 이제는 경계수로서 역할을 충실하게 한다고 한다.

심은 지가 30여 년이 지난 요즈음 양지쪽 밭에 자란 은행나무는 튼실하게 자랐으며 모양도 갖추었다. 거목의 은행나무 열매는 고약한 냄새 때문에 사람으로부터 어여쁨을 받지 못하지만 부지런한 마을 사람에게 많은 양의 결실을 주어 작으나마 대접을 받는다 들었다. 떨어진 낙과를 주워 손질한 것만으로도 부대 한 자루를 수확한다니 세월을 기다리면 나무도 자기 역할을 하나 싶다.

고향에서 됫박으로 얻은 은행을 보니 속을 썩이는 자식 놈도 때가 되면 효도한다는 옛말의 의미를 은행나무로부터 깨닫는다.

유실수로 얻을 것이 없다는 것을 안 이후 내가 찾은 대안은 조경수를 심는 것이라 생각하고 그렇게 실행한 지도 이젠 제법 세월이 흘렀다. 유실수를 심어 속상한 것은 은행나무가 처음이 아니다. 중학교에 교사로 근무했던 총각시절 나는 1년 동안 급여를 부모님께 매월 드렸더니 부모님은 생활에 보태시지 않고 모아 두셨다가 이듬해 돈을 더 보태어 내 이름으로 서당골 큰 밭(1,000평)을 사셨다. 나도 밭을 사는 데 기여했다는 마음에 큰 밭이 좋았고 면 소재지의 넓은 들판이 앞으로 내다보이고 월봉산 산자락에 붙는 밭이라서 전망도 좋고 산세가 아름다워 마음에 들었다.

큰 밭에 감나무 일백여 주를 심고 공휴일에 고향에 가서 풀도 뽑고 비료도 뿌리면서 나무를 가꾸니 흐뭇했다. 보기가 그럴싸한 과수원에 가을이 오면 감을 취급하는 상인이 찾아와 파시(파주홍시) 감을 좋은 값에 사 주셨다. 장사하는 사람이 찾아와 우리 집 물건을 사겠다고 흥정을 걸어온 것은 대나무 이후 감이 마지막이다. 과수원으로서 위상도 세월을 따라 과일의 종류가 다양해지고 감은 변비를 유발한다는 세상 말을 이겨내지 못한 채 수요가 줄고 홍시의 인기는 단감에 밀리던 시절이 왔다. 이후 연이은 한해로 감은 성장 중에 떨어지고 가을 결실이 오기 전에 낙과가 특히 심했다. 상인마저 가을철 수확량을 가늠할 수 없어 홍시 대신 단감을 선호하더라. 떨어지는 감의 낙과를 보고 아쉬움을 알려 주시는 어머니의 시외전화가 당시 내게 부담스럽고 반갑지 않았다.

몇 년이 지나 감나무가 베어지고 큰 밭은 남에게 맡겨져 콩밭이 되었다가 목초지가 되었다 하면서 풀이 차츰 우거져 산이나 다름 없는 상태로 전락하였다. 산세가 있고 넓은 벌판을 내려다보는 위치에 있는 큰 밭은 부실한 주인을 만나 자기 역할을 못한 세월 동안 자존심이 많이 상하였으리라. 재잘거리는 산새를 통해 여러 번 아픔을 알려 온다. 경제적 수익을 놓고 밭의 용도를 택하는 것보다 미래의 희망을 보고 조경수를 선택하시라는 전언이다.

가장자리 한 곳에 있던 배롱나무가 전면에 등장한 것도 이때이고 목련과 느티나무가 남쪽의 한 축을 인정받았으며 주변에 모과나무 단풍나무가 자라나는 해가 거듭되면서 보리수 벚나무가 연이어 식재되어 성장해 가는 때도 이 즈음이다. 7-8월에 풀을 깎고 나면 백일홍의 꽃잎이 붉게 밭을 치장하고 거목의 단풍나무가 바람을 따라 춤사위를 옮기면 큰 밭은 여느 이름을 갖는 정원처럼 자기만의 자태를 선보인다.

유실수 집중의 경작보다 조경수를 심어 밭의 품격을 높이고 그에 맞는 정원수를 심어 가면 풍광에 맞는 정원으로도 산세를 살리는 조경지로도 거듭날 수 있을 것 같다. 세월이 가고 나무가 자라서 산세와 조경이 어우러져 모양이 괜찮아질 때쯤 누군가 유용한 건물 한 채를 짓는다면 땅도 밭도 사람에게 유익할 거란다. 밭의 소망은 사람의 희망을 업으면 이루어질 것이다.

(2018년 11월)

한말, 고향의 의인義人

춘강 선생의 의(義)

영학숙(英學塾)을 1906년 세운 춘강 고정주(1863-1933) 선생은 대
한제국 말 구국의 길은 인재양성에 있음을 믿고 호남의 인재를 가
르쳤던 문신이자 교육자다. 영학숙이 수업료가 없고 급식을 무료
로 제공할 수 있었던 것은 선생이 부자여서가 아니라 가진 것을 사
회에 환원할 줄 아는 사람이었기 때문이다. 결석하는 학생에게 사
람을 보내서 데려올 정도로 선생의 교육관은 투철했으며 인재양성
만이 나라를 찾기 위한 길이라 생각했다 한다.

영학숙은 영어 등 외국어를 중심으로 가르치던 사립학당이었으
나 1908년 창흥의숙으로 발전되고 영어, 일어뿐만 아니라 한문과
산술 그리고 국사 등을 가르친 교육기관으로 발전했다. 서양문화
의 패러다임이 이 땅의 문화와 충돌하던 때 규장각에 보관되어 있
는 각종 서적과 왕실 문서를 관리하던 위치에 있던 선생은 왕실에

서 학문을 가르치는 일과 의친왕의 비서실장을 지냈다. 선생은 "시대에 사용할 만한 그릇이 되라, 시대의 변화를 놓치지 말고 이해해야 한다, 시대의 흐름을 알지 못하면 구차한 지식인이 될 뿐이다."라는 교육철학을 가지고 학생들을 가르쳤다.

인재 모집을 위해 향교를 찾아간 선생에게 향교를 지키는 수위가 다른 선비들에게 잘 하는 인사를 선생에게 하지 않자, 왜 그러냐고 물으니 반상타파가 당신의 주장임을 알고 있는 내가 왜 먼저 인사해야 하느냐? 당신이 먼저 인사할 수도 있지 않느냐라는 핀잔을 듣고 선생은 웃어넘기셨다는 일화도 있다. 선생은 신교육에 대한 사회 인식이 부정적이고 교육 경영은 곧 일본을 돕는 행위라는 양반사회의 시대 인식과 충돌하지 않으면서 학생을 모집하고자 몸을 낮추었고 인재를 키우고자 자신의 재산을 사회에 사용했다.

호남의 김성수, 김병로, 현준호 등이 이곳에서 신학문을 접하였으며 훗날 서울 계동에서 해방 정국을 이끌었던 양심적인 우파 지도자의 뿌리가 이곳에서 배양될 수 있을 만큼 인재를 키우는 데 심혈을 기울이셨다.

또한 선생의 재산이 의병의 군자금으로 사용되었다는 사실이 세상에 뒤늦게 밝혀진다. 선생이 돈다발을 눈에 보이는 곳에 놓거나 열쇠를 놓고 밖으로 나가면 군자금을 요청한 의병이 돈을 들고 가거나 밤중에 찾아와 창고에서 돈이나 쌀을 꺼내 갔다 한다. 선생의 활동자금 제공방식은 일제와 충돌을 피하면서 의병들의 활동을 지원한 것이지만 구국의 우선순위는 무력보다는 인재양성에 있다고 믿었다 한다.

시대를 앞서 고난을 극복할 수 있는 인재를 키우고 지식인을 배출하기 위한 선생의 행위는 의롭다 할 것이며 선생의 헌신과 물질의 사회 환원은 큰 희생이라 할 수 있다. 이해득실을 따지지 않는 결단도 크고 나라 사랑을 실천하는 희생도 의인의 삶에 필요한 덕목이다. 의롭다 함은 희생과 아픔을 필연적으로 동반하기 때문에 우리는 의인을 존경하고 의인의 행동을 오래도록 기억해야 한다.

녹천 장군의 의(義)

창흥의숙 설립자와 동시대를 같은 면(面)에서 살았던 녹천 고광순(1848-1907) 장군은 의롭다. 명성황후 시해사건(1895년)과 단발령 이후 외세를 배격하고 자존을 지켜야 한다는 토적복수(討賊復讐)의 기치 아래 일어섰던(哀痛詔 : 의병을 독려하는 고종의 서한) 호남의 의병대장이다. 의병 500여 명은 남원, 곡성 광양, 구례 등지에서 활약하다가 1907년 화순읍과 동복면을 점령하고 내륙으로 진군하던 중 지금의 동복 부근의 도마치(圖馬峙)전투에서 왜군에 패산되었다.

장기전을 대비하여 지리산 피아골에 재집결 후 항전했다 한다. 본영을 구례 연곡사에 두고 일경 등 토벌대와 대치중에 정보가 노출이 되어 본대가 왜군에 포위된 상황에서, 지원부대마저 진로가 일경에 저지당하게 되었다 한다. 부대 간의 연락이 두절되자 장군이 선택한 결단은 자기희생의 결단이 먼저였다. 나라를 사랑하는 마음과 훗날을 도모하고자 한 차선책으로 선봉장 등 젊은 의병을 본영에서 탈출시키고자 하는 방안을 선택했다.

장군은 마지막까지 태극기를 간직한 채 나라의 광복이 멀지 않았음을(불원복; 不遠復) 믿었다. 본대의 항전만이 의병 전체의 희생을 최소화하고 조직을 재건할 수 있으리라 판단하고 자기희생을 선택했다 한다. "한 번 죽어 나라에 보답하고자 하는 것은 내가 평소 마음을 정한 바이다. 여러분은 나를 위해 염려하지 말고 각자 살 길을 도모하라."는 최후의 말을 남기고 사격선에서 화승총을 쏘면서 일본 토벌대의 진격에 맞서 싸우다가 순국하였다.

녹천의 선택은 결과적으로 자신을 포함한 25~26명의 작은 희생으로 기밀에 속한 부대원의 명단을 지킬 수 있었고, 젊은 200여 의병이 포위망을 뚫고 피신할 수 있게 하여 의병 조직을 보존했다 한다. 훗날 생존 의병은 구례, 광양, 곡성에서 게릴라전을 펼치고 무등산 자락에서 광주를 공격하는 등 일경을 놀라게 했던 대일 항쟁을 펼쳤다.

구례 연곡사에 녹천을 기리는 기념비가 있고 장군을 추모하는 추모제를 인근 군민이 지내고 있다. 대한민국은 건국훈장 독립장을 수여했으며 서대문형무소 역사관은 독립운동 유공자를 기리는 인물 현수막을 안산 올레길에 세워 우리가 항상 볼 수 있게 하고 있으나, 의를 실천하는 사람의 희생은 오래도록 우리 가슴에 한으로 남는다. 또한 녹천의 활동이 파생시킨 슬픔(본가가 불타고 가족이 참화를 당함)과 의병의 후손이 겪는 아픔을 보면서 나는 의(義)로운 삶이라는 말에 혼란스러움을 느낀다.

(2011년 7월)

양촌 고재관

1949년 10월 1일생
서울대학교 사범대학 졸
진도 군내중학교(국어교사)
총무처 통상산업부
중소기업청(부이사관)
수입업협회(상근부회장)
대통령 표창, 홍조근정훈장

화해의 삶이 아름답다

초판 1쇄 인쇄 2019년 2월·18일
초판 1쇄 발행 2019년 2월 27일

지은이 고재관
펴낸이 이대현
펴낸곳 도서출판 역락

편 집 이태곤 권분옥 홍혜정 박윤정 문선희 임애정 백초혜
디자인 안혜진 김보연 홍성권 박민지 | **홍보** 박태훈 안현진

주 소 서울시 서초구 동광로46길 6-6(반포4동 577-25) 문창빌딩 2층(우-06589)
전 화 02-3409-2055(대표), 2058(영업), 2060(편집)
팩 스 02-3409-2059 | **전자우편** youkrack@hanmail.net
홈페이지 www.youkrackbooks.com
등록번호 1999년 4월 19일 제303-2002-000014호

정가는 뒤표지에 있습니다.
ISBN 979-11-6244-372-9 03810

* 잘못된 책은 바꿔 드립니다.
* 이 도서의 국립중앙도서관 출판예정도서목록(CIP)은 서지정보유통지원시스템 홈페이지(http://seoji.nl.go.kr)와
  국가자료공동목록시스템(http://www.nl.go.kr/kolisnet)에서 이용하실 수 있습니다. (CIP제어번호: CIP2019005608)